혼자와
—
함께
사이

혼자와 ─ 함께 사이

좋은 사람과
오래가고 싶어서

최유나 지음

RHK
알에이치코리아

좋은 사람과
오래가고 싶어서

"유나야, 나 이혼하려고. 얼마나 들까?"

이 글을 쓰고 있는 이 순간, 경쾌하게 알림음이 울리더니 한 선배에게 이런 메시지가 도착한다. 본능적으로 시간을 본다.

밤 여덟 시 반.

역시로군. 밤 여덟 시 이후에 지인들이 내게 보내는 메시지는 하나같이 이별을 결심하는 내용들이다. 거의 예외가 드물다. 나는 잠시 쓰던 글을 멈추고 선배에게 답장부터 보낸다.

"왜 그래, 무슨 일인데?"

헤어지려고 하는 이들에게는 각자 나름의 '사연'이 있다. 그것도 매우 구구절절한. 아마 이혼하는 데 얼마가 드냐고 대뜸 물어보는 이 선배에게도, 그 정도로 시급하게 이혼을 하고 싶어 하는 까닭이 있을 것이다.

그런데 이런 구구절절한 이야기가 꽤 사람들의 관심을 불러일으키나 보다. 내 친구나 지인들은 나를 만날 때마다 호기심 가득한 눈빛으로 "뭐, 기억에 남는 사건 없어?"라는 질문을 하곤 한다. 변호사의 비밀 유지 의무 조항 때문에 다른 사람에게 자세히 이혼 사건 이야기를 할 수는 없다. 하지만 내가 간단히 이러저러한 사건이 있었고, 그 사건을 진행하며 어떤 것을 배웠다고 이야기를 들려주면 입을 모아 "혼자 듣기 아깝네"라며 아쉬워한다.

왜 혼자 듣기 아깝다고 한 걸까. 세상에 별일이 다 있구나, 하는 마음에서? 사연이 너무너무 흥미진진해서? 그럴 수도 있겠지만, 그게 이유의 전부는 아닐 거라고 생각한다. 그도 그럴 것이, 그들이 격하게 호응하는 것은 수천 커플의 사랑과 이별, 또는 재결합 과정을 옆에서 지켜본 내가 '관계에 대해 느끼고 깨달은 것'을 풀어놓던 순간이었다.

'관계에 대해 내가 느끼고 깨달은 것.'

이걸 좀 더 많은 이들과 나눠야겠다고 생각한 나는 2018년 9월 SNS를 열고 그림 작가와 협업해 사랑과 이별, 가족에 관한 만화 콘텐츠 〈메리지 레드〉를 업로드하기 시작했다. '100명은 넘게 봤으면 좋겠다'라는 막연한 기대로 시작했는데, 어느새 팔로워가 25만 명을 넘어섰다. 혼자 듣기 아깝다는 친구들의 말이 현실이 된 것이다.

댓글 창에는 어떻게 세상에 이런 일이 있느냐는 반응이 많이 올라오는데, 정말 그런 소리를 들을 법한 사건은 오히려 특정이 될 수 있어서 다룰 수가 없다. 그래서 친구들에게 이야기하듯이, 구체적인 사건 내용보다는 그로 인해 얻은 '깨달음'에 좀 더 초점을 맞추어 콘텐츠를 짠다. 〈메리지 레드〉의 내용을 묶고 좀 더 보완해서 낸 첫 책 《우리 이만 헤어져요》에 에세이를 몇 편 실었던 것도 이런 이유에서였다.

그런데 첫 책을 본 독자들로부터 오히려 "책은 재미있는데, 변호사님 글이 너무 적어서 아쉬웠어요. 에세이집 한 권 내주시면 안 돼요?"라고 물어오는 DM이 오기 시작했다.

그것도 생각보다 무척 많이.

내가 에세이집을? 전문 작가도 아닌 내가 그래도 되나? 처음에는 안 될 일이라고 생각했지만, 꾸준히 그런 메시지를 받으면서 생각이 조금씩 달라졌다.

'그래, 내가 전문 작가처럼 섬세하고 아름다운 문장을 쓸 수는 없지만, 인생에 도움이 될 만한 이야기 한두 가지쯤은 전할 수 있겠지.'

이렇게 해서, 용기를 내어 두 번째 책을 쓰게 된 것이다.

나는 심리학 전공자도 아니고 관계나 소통 전문가도 아니다. 그저 타인과 함께하는 과정에서 누구나 한 번쯤 느껴봤을 자책감과 분노, 미움, 즐거움 등에 수시로 휘둘리는 지극히 평범한 사람일 뿐이다. 그래도 변호사로 10여 년을 일하며 다양한 인간 군상을 접하다 보니, 다른 일을 했다면 결코 보지 못했을 여러 가지 풍경을 관찰하고 지켜볼 수 있었다.

변호사를 찾는 이들은 대체로 궁지에 몰려 있거나 인생의 큰 고통과 마주한 상태여서, 사회적 가면을 쓰고 있기가 버겁다. 즉, 변호사들은 인간의 바닥까지 보게 될 가능성이 크다. 그런 바닥에서도 누군가는 타인을 배려하고, 누군가는 지독히도 이기적으로 행동한다. 놀라운 것은, 배려한다고 해서 관계가 회복되거나 잘 풀리는 것도 아니고 이기적으로 행동한다고 해서 꼭 관계가 깨지는 것도 아니라는 점이다.

사람들의 말과 행동, 표정이 상호작용을 일으켜 관계가 유지되거나 끝나는 장면을 볼 때면 깜짝깜짝 놀랄 때가 한두 번이 아니다. 그것이 심리학적으로 어떤 의미가 있는지, 왜 그런지는 설명할 수 없어도 한참을 옆에서 지켜보다 보면 짐작 가는 구석은 분명히 있었다.

나에게는 내 직업이, 아니 이 직업을 통해 만난 많은 이들이 곧 나의 스승이자 위로이자 깨달음이었다. 평범한 환경에서 커온 내게 타인의 다양한 인생을 가까이에서 지켜볼 수 있는 기회를 준 모든 이에게 너무나 감사한 마음이다. 그들이 아니었다면, 나는 한 번뿐인 인생에서 더 많은 것을 알고 느끼지 못했을 것이다. 20대 최유나의 시야에

갇혀, 오직 내 기준으로 타인을 판단하고 좋은 관계가 무엇인지조차 모른 채 되는 대로 사람들을 만나왔을 것이다.

덕분에, 나는 관계에 대해 수시로 성찰하고, 내가 아끼는 사람들과 평생 좋은 관계를 이어가기 위해 애쓰는 어른이 되었다(고 믿는다. 아직은 부족하지만). 무엇보다, 사람을 섬기고 존중하며 편견 없이 상대를 바라보려고 노력하게 되었다. 그리고 그러한 노력이 다른 사람이 아닌 나 자신을 자유롭게 해준다는 것도 이해하게 되었다.

이 책이 지극한 노력 끝에 소중한 사이를 끝내기로 마음먹은 이들, 나아가 사람에게 상처받고 후회하길 반복하는 이들에게 작지만 힘 있는 위로가 되었으면 좋겠다. 기왕이면 '대책 없는 위로' 말고 '대책 확실한 위로'를 드리고 싶어 많이 질문하고, 깊이 생각했다. 이런 내 진심과 노력이 여러분에게 조금이라도 가닿는다면 더할 나위 없을 것이다.

차 례

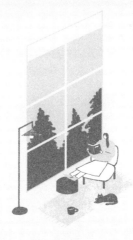

5장 혼자와 함께 사이

1장

우리, 비록 상처의
무늬가 다르더라도

이별까지 알려준
아버지.

내 인생에 가장 큰 영향을 준 사람을 꼽으라면 나는 무조건 "아버지"라고 답한다. 그 이유를 물으면 일반적인 부녀 관계와는 다르게, 나와 아버지는 친구처럼 잘 지내기도 했고 유독 둘만의 추억이 많아서 그렇다고 말하곤 했다. 그런데 살면 살수록 꼭 그런 이유만은 아니었다는 것을 느낀다.

아버지와 나는 참 비슷한 성향의 사람이었다(참고로 MBTI 네 개 성향 중 아버지와 나는 맨 앞자리 딱 하나만 다르다). 물론 아버지와 나는 살아온 환경도 많이 다르고, 세대 차이도 나고, 부모 자식 관계의 특성상 부딪치는 부분도 없진 않았다. 하지만 겉으로 드러나는 성격 말고 깊숙한 내면을 들여다보면 우리는 참 많이 비슷한 유형이었던 것 같다. 서로의 사사로운 일이나 감정에 더 예민하게 반응하고 깊이 공감해 주었던 것도 이런 까닭에서였을 것이다.

과거형으로 말하는 이유. 아버지는 내가 변호사가 되던 그해에 돌아가셨다. 당시 나는 기숙사 생활을 하고 있었는데 변호사 시험이 코앞에 다가왔을 무렵, 아버지의 전화가 뜸해지기 시작했다. 거의 매일 통화하며 일상을 나누던 부녀 사이였기에 연락이 없는 것이 좀 이상하다는 생각은 들었다. 그래도 수험생이 시험을 앞두고 전화 통화를 한다는 것조차 죄악으로 느껴졌던 때라, 그다지 상황을 심각하게 여기지는 않았다.

마침내, 정신없이 시험을 치르고 고사장에서 나오는데 걸려온 아버지의 전화.

'내가 부담될까 봐 전화도 못 하고 참다가, 시험 끝나자마자 전화했구나.'

나는 얼른 이 후련한 마음을 아버지랑 나누고 싶다는 생각에, 기분 좋게 웃으며 전화를 받았다. 그런데 아버지가 착 가라앉은 목소리로 전혀 예상치도 못했던 한마디를 내

뱉는 것이었다.

"유나야 잘 들어. 아빠가 많이 아파."

그때까지 아버지는 감기 한 번 걸린 적 없고, 고무를 씹어 드셔도 소화시킬 듯한 건강 체질을 타고난 사람이었다. 적어도 내가 알기론.

"왜? 몸살 났어?"

"아니. 그런 게 아니라…… 암이야. 말기래."

나랑 지금 장난하나. 시험 끝났다고 세리머니가 좀 과하네. 나는 전혀 현실감이 들지 않았다.

"……그게 무슨 말이야. 아빠 지금 어디야?"

멍하고 혼란스러웠다. 점점 아득해지는 정신을 겨우 움켜잡고, 곧바로 아버지가 알려준 병원으로 달려갔다. 이내 온갖 생각이 머릿속을 스쳐 갔다. 울음이 새어 나오려 했지만 이를 악물고 간신히 참았다. 일단은 아버지를 만나야 했다.

가쁜 숨을 몰아쉬며 도착한 병원에서 마주한 아버지의 모습은, 내가 알던 평소 그의 모습과 너무나 달랐다. 톡 치면 파스스 무너질 것만 같은 앙상한 몸으로, 아버지는 그렇게 전형적인 말기 암 환자처럼 누워 있었다.

'저 사람이 정말 내 아버지일까. 불과 몇 달 전에 만났을 때도 이 정도는 아니었는데. 그냥 다이어트 좀 했나 보다 생각했는데…… 어떻게 이리 짧은 기간에 사람이 저리 될 수 있지?'

'억장이 무너진다'는 말이 무슨 뜻인지 그날 정확히 알 수 있었다. 억장이, 아니 세상이 무너졌다. 울음을 참느라 턱 근육이 욱신댔고 머리는 안개가 낀 것처럼 뿌예졌다. 병실을 나오고 나서야 참았던 울음이 한꺼번에 터져 나왔다. 나는 온몸의 세포가 떨릴 만큼 목 놓아 울었다.

그리고 그날로부터 6개월여 후, 나는 내 인생을 송두리째 바꾸어놓은 이별을 해야만 했다.

아버지는 내게 '멋짐'과 '꿀잼'의 아이콘 같은 사람이었다. 아무리 바빠도 내가 어디에 있든 누구와 있든 와달라고 하면 당장 달려와 주었고, 내가 관심을 보이는 것이 있으면 그에 알맞은 자극을 주려고 꾸준히 애써주었다. 다들 "참 보기 드문 아버지"라고 했다. 성향이 비슷해서 그런지 아버지와는 농담만 주고받아도 참 재미있었다(언니는 아버지를

우리, 비록 상처의
무늬가 다르더라도   *19*

좀 더 엄격하고 무서운 사람으로 기억하는 것을 보면, 관계란 참 상대적인 것 같다). 어린 시절부터 나는 아버지 회사에 놀러가서 아버지 자리에 앉아보기도 하고, 아버지 지갑에 있던 신용카드를 꺼내어 내 지갑에 꽂아보기도 하고, 그렇게 아버지의 모든 것을 따라 하고 싶어 했다.

하나부터 열까지 동경의 대상이었던 아버지. 그런 아버지가 세상에서 가장 약한 모습으로, 제일 좋아하던 막내딸의 얼굴도 잘 알아볼 수 없을 만큼 망가진 몸을 하고서, 극한의 고통 대신 차라리 죽음을 성취하겠다는 듯이 눈을 질끈 감고 애쓰는 모습으로 돌아가신 것이다.

가족과 영원히 함께할 줄로만 알았던 20대의 나에게 아버지와의 이별은 마치 지구의 뚜껑이 사라진 듯한 공허함과 두려움을 안겨주었다. 그런 와중에도 나는 아버지가 돌아가시고 딱 두 달 후, 첫 직장에 입사해 변호사로 일하게 되었다. 돌이켜보면 그때 내가 무슨 정신으로 살았는지, 어떻게 일을 해냈는지 기억조차 나지 않는다. 지방 재판에 가는 도중, 차 안에서 앞이 보이지 않을 만큼 펑펑 울기도 하고, 의뢰인의 사연을 듣다가 그 사연에 기대어 참았던 눈물을 조금 흘리기도 하고, 회식하다가 술기운을 빌려 훌쩍대기도 하고. 그렇게 3년 정도를 예고 없이 터져 나오는 울음과 싸우며 지내야 했다. 다른 사람에게 슬픔을 들키기 싫어서(20대에 아버지를 잃은 것이 어차피 쉬이 공감받기 어려운 고통이었으므로) 악착같이 버티다가도, 나도 모르게 주변 사람들에게 날카로워졌던 시간이었다.

이래서 삼년상이라고 했을까. 만 3년이 흐르고 나니 잘 제어되지 않던 고통과 슬픔이 내 마음에 흙을 파고 두둑하게 자리 잡은 기분이었다. 마음 깊은 곳에 묻어둔 내 가족, 내 베스트프렌드, 내 아빠, 내 아버지…….

말로 표현하기 힘든 슬픔을 겪으면서, 나는 이별하는 사람의 마음을 충분히 헤아릴 수 있게 되었다. 위로하는 방법도 조금 알게 되었다. 평생 내게 무언가를 가르쳐주었고 또 가르쳐주려 했던 아버지는, 마지막 순간까지 '이별을 받아들이는 방법' 그리고 '다른 사람을 위로하는 방법'을 알려주셨다.

"이렇게 공부도 잘하고 예쁘고 착한 유나가 아빠 딸로

태어나 줘서 너무 고마워."

생각해 보니, 아버지는 생애 마지막 크리스마스를 며칠 남겨두고 내게 이런 말로 자연스럽게 작별 인사를 했었다. 그때는 그 말이 작별 인사인 줄 몰랐을 뿐. 말기 암이 사망으로 이어질 가능성이 높다는 사실을 머리로는 잘 알고 있었지만, 당시 나는 아버지가 내 곁을 떠날 수도 있다는 생각 자체를 전혀 하지 않았다. 아니, 하지 않으려 했다. 그 탓에, 이별 후 한 사람을 보내는 데 참 많은 시간이 필요했던 것 같다.

관계는 결코 영원할 수 없다. 피로 맺은 관계든 호감으로 시작한 관계든 상관없이, 모든 관계의 끝에는 어떤 식으로든 이별이 자리한다. 이 사실을 언제나 잊지 않으면 좋을 텐데. 그럴 수만 있다면 우리는 수시로 나와 연결된 관계들을 들여다보고, 상대에게 감사하고, 상대의 마음을 알아봐 줄 수 있을 것이다.

위안이 되는 것은, 추억이란 눈감는 날까지 내 안에서 영원하다는 점이다. 그래서 일상에서 만드는 소소한 추억들이 더 소중해지는 것 같다.

기쁜 일이 있을 때마다 여전히 나를 울리는 사람.

감당하기 어려운 고민이 있을 때 꿈에 나타나 나를 토닥여 주는 사람.

우리 모두는 언젠가 헤어질 사이라는 당연한 진리를 깨닫게 해준 사람, 아버지.

그분 덕분에 나는 내 옆에 있는 사람, 내가 누리고 있는 일상, 내가 고민을 털어놓는 관계, 때로는 지긋지긋하지만 가끔은 큰 행복을 주는 내 사람, 가족, 친구 그리고 나 자신마저도 언제 존재했었냐는 듯 사라져 버릴 수 있다는 것을 알게 되었다.

나는 이제 마흔을 앞둔 어른이라 혼자서도 잘해요.

내 걱정 마.

좋은 곳에서 평온하기를.

분노일까,
자기혐오일까。

내가 이혼 전문 변호사라고 직업을 밝혔을 때 가장 많이 듣는 질문은 두 가지다. 첫 번째 질문은 이거다.

"이혼 사유 중에 가장 많은 게 뭐예요?"

두 번째로 많이 듣는 질문은 이것.

"이혼 소송을 하다가 재결합하는 사람들도 있어요?"

내 대답은 늘 한결같다. 첫 번째 질문에 대한 답은 "성격 차이"이고, 두 번째 질문에 대한 답은 "내 주관적인 통계로 한 5~10퍼센트 정도?"

이혼 소송이라는 극단적인 이별법을 택한다는 것은 그만큼 서로에 대한 분노가 어마어마하다는 뜻일 것이다. 그런 원수 상태의 두 사람이, 어떻게 인간의 모든 욕망이 쟁점이 되는 법원이란 전쟁터에서 다시 다정하게 손을 잡고 나올 수 있는 걸까? 아니, 애초에 이렇게 쉽게 회복될 관계였다면 어쩌다가 법원에까지 가게 됐던 걸까?

　몇 년 전, 돌도 되지 않은 아이를 둔 신혼부부의 이혼 사건이 있었다. 나는 아내의 편이었다.

　"출산하고 나서 완전히 변해버린 제 몸을 보니까… 우울해지더라고요. 밖에 나가서 누구라도 만날 수 있으면 나았을 텐데, 종일 집 안에서 아이만 돌보다 보니 살은 더 찌고 우울증도 점점 심해졌어요."

　아내는 서러웠는지 중간중간 울음을 삼키며 간신히 이야기를 이어나갔다.

　"…그러다 어느 날엔가, 남편이 야근을 하고 집에 들어와서 '밥 있어?'라고 묻는데, 그 말 한마디에 폭발해 버렸어요. 저도 모르게 뾰족한 말이 튀어나오더라고요. '애 보는 것도 힘든데, 밥까지 해놓으라는 거야?' 하고요. 그다음부터는…… 생각하기도 싫어요. 어느 순간 정신을 차리고 보니 우리가 서로 인신공격을 하고 있었어요."

이 말다툼 이후 부부는 별거를 시작했다. 그러다 시간이 흘러도 남편에게서 아무런 연락이 없자, 아내는 이제 남편이 자신을 여자로 보지 않는 게 분명하다며 나를 통해 이혼 소장을 보냈다.

얼마 지나지 않아, 상대방에게서 반소장이 왔다. 아내가 자신의 경제적 능력을 폄하하고, 아빠 자격을 문제 삼으며 자신을 내쫓았기 때문에 더는 함께 살기 힘들다는 내용이었다. 반소장을 받아본 아내는 더욱더 분노했다.

"결국, 먼저 헤어지고 싶어 한 사람은 본인이었으면서 괜히 트집을 잡아 반소장을 보낸 거잖아요. 너무 비겁해요."

말은 그렇게 했지만, 아내는 매우 충격을 받은 모습이었다. 결혼 후 '임신' '출산' '육아'라는 엄청난 관문을 뚫고 나오는 과정에서 당연히 자신만 힘들다고 생각했던 아내는 "너도 힘들었다고?" 하며 반신반의하는 표정이었다.

다음 달 상대방에게서 새로운 준비 서면이 왔다. 아내가 자신을 남자로 보지 않아 부부 관계도 거부했고, 아빠로서 충분한 경제적 능력이 없다고 여기고 있으며, 자신을 밀어

내기 위해 온갖 거짓말을 한다고 했다. 가만 보니, 양쪽 모두 상대방이 먼저 자신을 밀어냈다는 생각하는 것 같았다.

'이 부부는 한 아이의 인생을 책임져야 한다는 엄청난 중압감에 치이고 있는 것 같은데……. 그래서 정작 상대방은 그렇게 생각하고 있지 않은데, 큰 오해를 하고 있는 것 아닐까?'

이런 찜찜한 생각이 자꾸 들었다. 나는 이 부부가 이혼이 아닌 다른 선택을 할 수도 있지 않을까 고민하게 됐고, 아내와 남편의 이야기를 다시 한번 찬찬히 검토해 보기로 했다.

보통 이혼 변호사라고 하면 '잘 이혼할 수 있게 돕는 사람'이라고 생각하기 쉽지만, 사실 그것이 전부는 아니다. 오히려 상담을 하면서 부부 관계가 잘 이어지도록 돕는 경우도 많이 생긴다. 그래서 나는 이혼 변호사가 '이혼을 돕기도, 막기도 하는 사람'이라고 말한다. 이 부부 역시도, 이혼을 하는 것이 꼭 답은 아니겠다는 생각이 들던 즈음 조정기일(합의를 위한 기일)이 다가왔다.

양쪽 당사자들은 거의 4개월 만에 얼굴을 마주하는 것이었다. 법정에서 만난 이들은 서로 눈도 잘 쳐다보지 못하고, 눈물이 그렁그렁한 채 손을 바들바들 떨고 있었다. 상처받은 어린 부부의 모습이 애처롭기 짝이 없었다.

먼저, 내 의뢰인이 조정위원들에게 토로했다.

"…그전까지, 남편은 한 번도 저에게 밥을 차려달라고 한 적이 없었어요. 오히려 자기가 나서서 요리를 해주는 편이었죠. 그런데 그날, 제가 육체적으로 가장 힘들었던 날… 저에게 밥을 차리라는 듯이 말하더라고요. 아, 이제 이 사람은 나를 애 키우고 밥 차리는 사람으로만 보는구나 싶었어요. 너무 수치스럽고 화가 났습니다."

남편은 낮은 한숨을 내쉬더니, 천천히 입을 열었다.

"그때 아내는 저를 혐오하는 눈빛으로 쳐다봤어요. 평소 저를 돈 많이 못 번다고 멸시했던 게 아닌 이상, 그냥 '밥 있냐?'는 말에 그렇게 반응할 수 없죠. 정말 저를 꼴도 보기 싫어하는 표정이었거든요."

조정실에 무거운 침묵이 내려앉았다. 50대 여자 조정위원, 40대 남자 조정위원 그리고 30대 후반인 나와 상대방 변호사. 우리는 서로 시선을 나누며, 살면서 한 번쯤 겪어 보았을 그 복잡한 감정을 동시에 떠올렸다. 착잡한 심정이었다.

침묵을 깬 것은 50대 여자 조정위원이었다.

"…아이가 태어나고 나니까 부부 사이가 많이 바뀌었죠? 두 분뿐만 아니라 많은 부부에게서 볼 수 있는 일이에요. 아이가 태어나고 나면 부부는 모두 어떤 지점에서든 상처를 받게 돼요. 모르는 게 너무 많으니 불안한데 몸은 힘들고, 의욕만큼 움직이질 못하니 자신이 무능하게 느껴지죠. 자존감은 낮아지고 애한테는 죄책감이 들고요. 악순환이에요."

그 자리에 있던 모두가 고개를 끄덕였다. 이 이야기에 깊이 공감하고 있다는 뜻일 터였다.

"결국 어딘가에 감정을 풀긴 풀어야 하는데, 애한테 그럴 수는 없으니 배우자가 별 뜻 없이 한 말 한마디에 폭발하는 거예요. 서러웠던 마음이 한꺼번에 쏟아져 나오는 거죠. 그런데 생각해 보세요. 지금 서로가 서로에 대해 했던 이야기들, 다 추측이잖아요. '저 사람은 나를 여자로 안 보는 것 같다.' '아내가 나 돈 많이 못 번다고 무시하는 것 같다.' 정작 상대방에게 들은 말은 그게 아닌데요."

부부는 점점 더 고개를 숙이고 있었다.

"어쩌면 두 분의 분노는 자기 자신에게서 비롯된 것 아니었을까요? 아이가 태어난 다음 '아, 애 낳고 나니 아줌마가 다 됐네. 남편이 나를 여자로는 볼까.' '애한테 왜 이렇게 돈이 많이 들어가? 이거 내 벌이로는 감당이 안 되겠는데.' 이런 마음이요. 두 사람 모두 이렇게 상처받고 자존감이 낮아진 상태이다 보니, 상대방의 상처를 미처 들여다볼 겨를이 없었던 것 같아요."

부부의 어깨가 들썩였다. 조용했던 울음소리가 이내 재판정을 가득 메울 만큼 커졌다. 나와 상대편 변호사는 모두 누가 먼저랄 것도 없이 의뢰인들에게 휴지를 건네며 조용히 그들의 등을 토닥였다.

이윽고 두 조정위원님들이 저마다 자신의 결혼 생활 이야기를 꺼냈다. 출산 후 부모가 느끼는 일반적인 감정이 어떤지, 부부간의 소통 방식은 어때야 하는지 등의 이야기가 오갔고, 부부는 조금씩 상대에 대한 공격이나 추측을 하는 대신, 자기감정을 솔직하게 털어놓기 시작했다. 한 시간 정도 대화가 오가자 그들은 마침내 서로의 상처를 들여다보았다. 그러고는 이렇게 말했다.

"이제 알겠어요. 상대방이 나를 멸시하고 있다고 생각했지만, 실은 그게 아니었어요. 내가 나를 혐오하고 있었던 거예요."

이런 일은 부부 사이에만 있지 않다. 자존감이 떨어진 상태에서는 누군가의 의미 없는 말 한마디도 조롱처럼 느껴지곤 하니까.

문제는, 이런 말을 듣고 갑작스럽게 분노를 쏟아낸 대상이, 나와 마찬가지로 마음에 여유가 없을 때다. 이 가엾은 분노의 이면을 차분히 돌아볼 수 있는 마음 상태가 아닌 상대는(먹고살기 바쁜 대부분의 사람에게 이런 여유가 있을 리 없다!) 나의 분노를 자신에 대한 공격으로 단정한다. 그렇게 관계는 파국으로 치닫는다. 수많은 부모 자식이, 형제자매가, 연인들이, 친구들이, 직장동료들이 이런 이유로 '나쁜 이별'을 경험한다.

그러니, 제발 소중한 사람을 잃고 싶지 않다면 그 사람의 어떤 말을 듣고 갑자기 분노가 치밀어 올랐을 때 잠시 숨을 고르고 생각해 보아야 하는 것이다.

'이 사람이 평소에도 내게 말로 상처를 많이 줬던 사람인가, 아닌가. 원래 그렇고 그런 인간인가, 아닌가.'

'원래 그렇고 그런 인간'이 아니란 생각이 든다면 분노를 쏟아내는 대신 지금 나의 마음 상태가 어떤지 들여다보아야 한다. 지금의 분노가 비이성적인 것이며, 떨어진 자존감 혹은 새로운 책임에 대한 부담감이나 스트레스에서 오는 압박감에서 비롯된 것임을 깨달았다면 다시 한번 숨을 고르고 상대에게 자신의 마음 상태를 먼저 이야기하는 것이 좋다.

자기 분노의 원인을 정확히 진단하는 능력만 있어도, 좋았던 사이가 틀어지는 일은 많이 줄어들 거란 생각이 든다. 아니, 그게 힘들다면 그저 "이게 다 너 때문이야"라고 하기 전에 "내가 지금 이런 감정을 느껴. 좀 도와줄 수 있어?"라고 말해보는 건 어떨까.

가스라이팅에
관하여 。

2020년 7월, 세 자매가 어머니를 살해한 충격적인 사건이 있었다. 어떻게 딸들이 친어머니에게 그런 파렴치한 짓을 저지를 수 있었을까. 당최 이해할 수 없던 이 사건 뒤에는, 알고 보니 교묘한 제삼자가 있었다. 바로, 어머니의 30년 지기이자 세 자매를 조종해 줄기차게 자기 이익을 취해온 무속인 A가 그 장본인이었다. 세 자매는 법정에서도 A를 고발하기는커녕 신격화하며 열렬히 감쌌다고 한다.

이 사건에 관한 프로그램을 보다가 문득, 내가 상담했던 안타까운 사건 하나가 떠올랐다. 아이 아빠와 헤어지고 혼자 아이를 키우고 있는 Y의 사건이었다.

"힘들 때 정신적으로 의지되는 어느 부부를 만났어요. 자신들이 종교인이라고 하더라고요. 저도 같은 종교이다 보니, 더 믿음이 갔죠. 점점 친해졌는데, 어느 날 제가 애랑 둘이 사는 게 너무 힘들다고 했더니 자기들 집에 들어와 같이 살자는 거예요. 처음에는 사양했는데, 계속 권하기도 하고 저도 기댈 데가 필요하다 싶어서 알겠다고 했어요. 그렇게 그 집에 들어가고… 거의 6, 7년 동안 그 사람들이 시키는 대로 살았어요."

그 부부는 Y에게 아이를 제대로 키우기 위해서는 전적으로 자신들의 지시에 따라야 한다고 했다. 훈육 역시 모두 자신들의 몫이라며 아이 양육 권한을 졸지에 가져가 버렸다. 그뿐 아니었다. Y는 그들에게 부모와 연락하는 것, 따로 나가서 사는 것, 개인 재산을 축적하는 것 등을 모두 금지당하고, 부모에게 받은 돈 수억 원도 갈취당했다.

이야기를 듣는 내내 나는 내 귀를 의심할 수밖에 없었다. 대체 어떻게 그런 일이 가능했던 걸까. 조심스레 자초지종을 묻는 내게 Y는 덤덤히 이렇게 말했다.

"제 인생에서 가장 힘들었던 때, 자살을 생각했던 순간에 그 사람들이 저를 도와줬거든요. 누가 저 같은 사람을 집에 데리고 들어가면서까지 물심양면 돌봐주겠어요. 저는 정말 그 사람들이 부모보다, 신보다 고마웠어요. 그래서 온 마음으로 공경했고요."

수년이 흐르고 나서야 겨우 정신을 차리고 그들의 지배에서 벗어났다는 Y는, 말하는 내내 줄곧 평정심을 유지했지만 아이 이야기가 나오자 참았던 눈물을 터뜨렸다.

"아이에게 너무 미안해요, 너무너무……."

요즘 들어 특히 자주 들리는 말, '가스라이팅.' 이 말을 처음 알게 된 건 젊은 의뢰인들의 입을 통해서였다. 가스라이팅, 일명 '가스등 효과'란 상대의 심리를 조종해서 상대에게 자신의 통제력을 행사하는 것을 일컫는 심리학 용어다. 이 말의 어원이 된 연극 〈가스등〉에서, 남편은 일부러 집안의 가스등을 어둡게 만들어놓고는 아내가 "집안이 어둡다"라고 하면 "그렇지 않다"며 아내를 탓한다. 아내는 희미한 가스등 아래에서 점차 자신이 망상하고 있다고 착각하고 스스로를 믿지 못하게 되면서 남편에게 의존한다. 심리치료사 로빈 스턴은 이 연극 주인공들의 행동에 착안, 상대방을 세뇌하여 판단력이 흐려지고 의존적이게 만드는 행위라는 의미의 심리학 용어 '가스라이팅'을 만들었다.

가스라이팅을 하는 사람은 심지어 자신이 외도, 폭행 등 도덕적·법적으로 큰 잘못을 저질렀을 때조차 "네가 원인 제공을 해서 이렇게 된 거야"라든가 "맞을 짓을 해서 때린 거지"라며 자기 행동을 정당화하고 상대방에게 잘못의 책임을 전가한다. 지속적으로 이런 이야기를 듣다 보면 피해자는 오히려 상대를 원망하기는커녕 자신이 문제라고 생각하고 자책하며 급기야 자신을 혐오하는 지경에까지 이른다. 그렇게, 자아가 점점 작아지다 보니 상대방은 결코 넘을 수 없는 산처럼 커 보일 수밖에 없다.

"저희 남편, 정말 무서운 사람이에요. 아마 저 여기 오는 것도 미행했을 거예요." "변호사님에게 전화해서 자기가 수임료를 더 준다고 하고 계약을 방해할 거예요. 그래도 제 사건 꼭 맡아주실 수 있나요?"

간혹 스카프를 히잡처럼 얼굴에 두르고 불안한 눈빛으로 주변을 두리번거리며 나를 찾아오는 의뢰인들이 있다.

이들은 자신의 배우자가 엄청난 힘을 가진 사람이고, 자신이 변호사를 선임하지 못하도록 극단의 조치를 취할 것이며, 법정에 가서도 말을 너무 잘해서 우리가 패소할 것이라고 단정하곤 한다. 그런 말을 들으면 나는 "상대방이 재벌쯤 되나요?"라고 되묻는다(물론 재벌이라고 해서 그런 일이 가능하진 않지만).

실제로는 어떨까. 법정에서 만난 상대방은 오히려 대단하고 능력 있는 사람이라기보다는 정신이 건강하지 못하고 병적인 사람이라는 느낌을 줄 때가 많다. 자신이 버림받고 무시당할지 모른다는 지독한 열등감 그리고 그 열등감에서 기인한 방어 본능 때문에, 자신이 얼마나 대단한 사람인지, 자신을 벗어나면 얼마나 인생이 끔찍해질 것인지를 상대방에게 계속 주입하는 것이다.

어느 정도 시간이 흘러, 의뢰인과 신뢰가 쌓이고 나면 나는 다시 묻곤 한다.

"상대방이 정말 그렇게 어마어마한 존재 같아요?"

그러면 대부분이 이렇게 말한다.

"아뇨……. 알죠, 제가 오랫동안 가스라이팅당한 거."

그렇다. 이들도 그런 관계가 비정상적이라는 것을 잘 안다. 알면서도 계속해서 휘둘리는 것이다. 일단 가스라이팅을 당하기 시작하면, 스스로 그 관계에서 빠져나오기가 너무나 어려운 법이다.

상대방에 대한 애정이 너무 크거나 누군가에게 의존하고 싶은 마음이 강하다 보니, 상대방의 성향을 잘 보지 못하거나 설령 그런 성향을 눈치챘다 하더라도 그와의 관계를 망치기 싫어 애써 외면해 버리는 이들이 많다. 하지만 결코 달라지지 않는 진실이 있다. 자신의 생각을 자꾸만 강요하고, 자신이 원하는 방향대로 상대가 반응하지 않을 때 윽박지르는 사람은 정말로 변하기 어렵다는 것이다. 그들은 끊임없이 자신의 세뇌가 통할 것 같은 사람을 찾아내고 주변 관계를 그러한 이들로 채워가며 자기만의 왕국을 세웠을 때 비로소 정신적인 안정을 느낀다.

정말 큰 문제는, 이들이 배우자뿐 아니라 자녀에게도 가스라이팅을 한다는 것이다. 백지와도 같은 아이들은 아빠나 엄마가 자기 생각을 주입하면 이를 있는 그대로 스펀지처럼 흡수해 버린다. 그러다 점점 나이를 먹어갈수록 무언가 이상하다는 사실을 깨닫는다.

자신이 부모 중 한쪽에게 가스라이팅당했다는 것을 깨달은 자녀가 부모 중 다른 한쪽을 데리고 나를 찾아오는 일이 정말 많다. 이때 자녀와 함께 온 아버지 또는 어머니는 "얘 아빠(엄마)는 무서운 사람이에요. 여기 온 걸 알면 저흴 죽일 거예요"라고 하면서 몸을 바르르 떨거나 연신 물을 들이켜며 불안해한다. 오랜 가스라이팅의 늪에서 이제 겨우 벗어난 자녀는 답답하다는 표정으로 "아빠(엄마)! 정신 차려!! 그 인간 절대 못 그래. 이제 좀 벗어나"라고 호소한다.

가스라이팅은 연인·부부·부모 자식 관계에서 자주 일어나지만, 사실 친구 관계, 형제자매 관계, 직장 내 관계 등 세상 모든 관계에서 수시로 일어날 수 있다. '얼마나 심지가 약하면 그런 일을 당하는 거냐'고 혀를 차던 사람도, '내게는 절대 있을 수 없는 일'이라고 자신하던 사람도, 자기도 모르는 사이에 피해자가 되어 있는 경우가 적지 않다. 직장 상사에게 점점 의지하다가 어느 순간 비이성적일 만큼 일방적인 복종을 하게 되는 부하직원, 늘 아프다는 말을 입에

달고 사는 친구를 도와주다가 어느새 그 친구의 수족이 되어버리는 대학생, 나를 자꾸 칭찬해 주는 후배에게 한두 번 밥을 사다 보니 어느새 그 후배의 지갑이 되어 있는 선배 등.

법률 상담을 하다 보면 이런 지배에서 겨우 벗어난 사람이 가스라이팅을 처벌할 수는 없는 거냐고 문의해 오는 일이 종종 있다. 그러나 앞에 언급했던 세 자매 살인 사건처럼 가스라이팅이 특정 범죄로 이어지지 않는 이상, 오랜 기간 정신적인 고통을 주었다는 사실만으로 상대를 형사 처벌하거나 상대에게 손해 배상을 청구하기는 어렵다.

분하지만, 우리가 할 수 있는 건 나를 바꾸어 앞으로의 내 인생을 잘 살아가는 것뿐이다. 이 글을 읽으며 자기 자신이 가스라이팅 피해자라는 생각이 든다면 먼저 정신건강의학과를 찾아보길 바란다. 내 인생에서 그 가해자를 완전히 도려내려면 우선 나 먼저 똑바로, 홀로 설 수 있어야 한다. 그러기 위해 자기 마음부터 들여다보고 어루만져야 할 터. 하지만 이 모든 과정을 스스로 해내는 데는 어려움이 있기에, 전문가를 만나 도움을 청하라는 것이다.

상담실 문을 열고 들어오는 누군가의 눈동자에서 두려움과 고통, 어둠이 느껴질 때면 가슴이 따끔따끔하다. 단한 번뿐인 소중한 삶인데, 그 삶을 나 아닌 다른 존재가 온통 덮어버린 채 나를 지워버리다니…… 생각할수록 화가 치밀고 마음이 불편하다.

하지만 결국 이런 상황을 해결해야 하는 것은 다름 아닌나 자신이다. 너무 많이 지치고 해져버린 마음일지라도 꽁꽁 싸매고 꿰매서 더 단단하게 만들어야 한다. 그렇지 않으면, 설령 도움을 받아 간신히 가스라이팅 상태에서 벗어난다 해도, 먹잇감을 노리는 또 다른 가해자에게 걸려들지 모른다. 그런 이들은 자신이 영향력을 행세할 수 있는 대상을 언제 어디서나 귀신같이 알아보는 법이니까.

오늘도 다짐한다.

나를 더 사랑하고,

나를 불편하게 만드는 사람을 멀리하고,

내게 생각할 시간과 기회를 충분히 주자고.

이 정도만 해도, 우리는 우리를 지킬 수 있다.

우리, 비록 상처의
무늬가 다르더라도

자질구레한 일들의
값어치。

스물다섯이 되던 해, 지금의 남편을 만났다. 수업을 들을 때, 기숙사까지 자전거를 타고 갈 때, 만원 엘리베이터 안에서, 언제부턴가 시간과 장소에 관계없이 어떤 몸집 큰 남자가 나를 쳐다보고 있는 걸 느꼈다. 처음에는 왜 나를 쳐다보는 걸까 의아하기도 하고 좀 무섭기도 했다. 나중에 알고 보니, 나를 좋아해서 그랬던 거였지만.

처음으로 함께 영화를 보러 가던 날, 그는 나를 위해 마실 물과 덮을 담요를 챙겨왔다. 나를 챙겨주는 그의 마음이 너무 고마워서 어느새 내 마음도 급속도로 열리고 말았다. 그게 끝이 아니었다. 함께 식당에 갈 때면, 그는 먹기 좋게

김치를 찢어놓고 내 신발을 신발장에 반듯하게 넣어주기도 했다. 그런 작은 배려들이 처음엔 조금 부담스러웠지만, 이내 그를 가족처럼 느끼게 해주었던 것 같다. 크게 티 나지 않는 사소한 배려는, 사실 남 사이에선 잘 하지 않고 가족끼리 해주곤 하는 것이니까.

그로부터 5년쯤 지나 우리는 결혼했다. 역시 세상엔 공짜가 없지. 나는 연애할 때 받아먹은(?) 배려의 값을 열 배, 아니 백 배로 치러야 했다. 눈 떠서 잠들기까지 모든 행동의 흔적을 남기는(아 부대찌개를 시켜 먹었구나, 맥주를 마시며 게임을 했구나, 여기에서 손톱을 깎았구나, 케이블이 없어서 거실장과 컴퓨터 서랍을 뒤졌구나 등등) 남편 덕에, 나는 정말이지 숨 쉬듯 집안일을 하는 사람으로 변해 있었다. 결혼 생활을 몇 년 더 하고 나니 행동의 흔적 정도 남기는 남편은 아주 귀여운 수준으로 느껴질 만한 인물이 우리 가족에 합류했다. 세상 모든 액체를 만나면 거기에 손과 발을 담그고 바닥에 쏟아야 끝나는 오감놀이 대장이 나의 돌봄 목록에 한 명 더 추가된 것이다. 나는 하루에 최소한 두 번 이상 장난감 정리를 하고 집 전체 걸레질을 해야 했다.

난 참 더럽게 살던 최유나였는데, 이 사람들과 같이 살다 보니 어느새 인간 청소기가 된 나를 발견한다. 내가 지나가는 곳은 어김없이 깨끗해진다. 거실을 가로질러 안방 화장실에 다녀오면서 바닥에 떨어진 쓰레기를 줍고, 아이가 던진 장난감을 장난감 통에 담고, 남편이 마시다 남은 탄산수를 버린 다음 용기는 재활용함에 넣고, 나뒹구는 로션을 제자리에 두고, 화장실 거울의 치약 묻은 자국을 닦고 오는 식이다. 화장실에 다녀오는 그 잠깐 사이에 말이다!! 내가 지나간 자리라도 깨끗하게 만들어야 나중에 할 일이 줄어드니 어쩔 수 없다.

내가 달라졌냐고? 깨끗한 사람이 된 거냐고? 전혀 아니다. 내 차 바닥에는 여전히 과자 봉지가 굴러다니고 컵 홀더에는 일주일 된 아메리카노에서 미생물이 번식하고 있다. 세차를 안 한 지는 반년이 족히 넘어간다.

나 자신은 하나도 변하지 않았다. 집에 있을 때, 가족 구성원들과의 관계 속에서 내 역할과 의무가 새로 생긴 것뿐이다(어쩌면, 떠맡게 된 것이겠지). 맞벌이 부부지만, 저녁과 주말에도 일해야 하는 남편보다 내가 좀 덜 바쁘다 보니 살림이 자연히 내 차지가 된 것이다. 이렇게 떠맡은 일들을 매일 묵묵히 해내다 보면 1년에 몇 번씩 분노가 치밀어 오르는 순간이 찾아온다. 허리를 구부려 박박 걸레질을 하고, 매번 뒤집어져 있는, 몸집 큰 남편의 커다란 티셔츠를 하나하나 내 팔 끝까지 집어넣어 다시 뒤집고, 굴러다니는 음료 뚜껑들을 기어 다니며 줍고, 아이가 지나가며 흘렸을 한 방울의 굳어버린 요구르트 자국을 손가락에 힘을 주어 긁어내고, 청소기 필터를 비우고, 냉장고를 정리하고, 이틀에 한 번씩 어마어마한 쓰레기를 수레로 비워내고 있는 걸, 누가 알까. 아무도 보는 이 없을 때 이런 일들을 차근차근 해내며, 나는 앞으로도 내가 매일, 이런 일을, 한평생 해나가게 될 것임을 직감했다.

업무와 살림, 육아에 지쳐가던 어느 날, 오랜만에 결혼하지 않은 친한 친구 H를 만났다.

변호사가 되던 첫 해, 룸메이트 없이 혼자 살아보는 게 꿈이었던 나는 첫 출근을 하루 앞두고 급하게 오피스텔을 구해 독립했었다. 말 그대로 하루 전에 구한 것이라 짐도 제대로 옮겨오지 못하고 가구도 없었다. 정장을 한 채 텅텅 빈 냉골에서 자고 다음 날 첫 출근을 했는데, 그것조차 그렇게 자유롭고 좋을 수가 없었다. 얼마 지나지 않아, 자취생의 로망 '아기 고양이'까지 분양받아 독립의 기쁨을 만끽할 수 있었다.

그 무렵 가깝게 지냈던 게 바로 H였다. 내가 살던 오피스텔 근처에서 가족과 함께 살고 있던 H는 거의 일주일에 세 번에서 다섯 번까지 우리 집에서 자고 갔다. H는 당시 수험생 신분이었던지라, 내가 출근하고 나면 비어 있는 우리 집에서 혼자 공부를 하다 가기도 했다.

워낙 친한 사이라 그런지, 만나자마자 "넌 정말 결혼 안 하길 잘한 거야"라는 말을 시작으로 온갖 하소연이 터져 나왔다.

"종일 힘들게 일하고 녹초가 되어서 퇴근해. 근데 집에 가면 페트병이 여기저기 굴러다녀. 그거 다 모아서 재활용함에 넣고, 널브러진 남편 옷이랑 아이 옷을 차곡차곡 옷걸이에 걸어. 아이는 매 순간 쏟고 흘리고, 나는 쫓아다니면서 닦고 버리고…… 결혼하면 집 안이든 집 밖이든 다

일터야. 결혼 안 하고, 자유롭고 편하게 사는 것도 좋은 것 같아."

"많이 힘들겠네"라며 공감해 줄 것을 기대했던 내게, H는 깔깔 웃으며 뜻밖의 이야기를 꺼냈다.

"내가 너랑 살 때 딱 그랬잖아. 너 출근하고 나면 화장대 위에 뒹구는 휴지뭉치들 가져다 버리고, 반찬통 씻고 말리고, 쓰레기 버리고, 고양이 똥 치우고."

순간 머릿속이 띵한 느낌이었다. 왜 그걸 몰랐지. 되돌아보면 오피스텔에서 사는 동안 나는 항상 씻고 준비해서 바로 출근하고 밤늦게 들어와 잠만 잤었다. 그러고 보니, 대체 누가 집을 쓸고 닦고, 쓰레기를 버리고, 화장실에 나뒹구는 머리카락을 줍고, 온갖 소모품들을 교체했던 거지? H였던 것이다!

그때 나는 사람이 생활을 하다 보면 매일 해야 하는 일이 발생한다는 사실조차 모르고 있었다. 20대 후반이 되도록 그걸 몰랐다니 나도 참……. 내 뒤치다꺼리는 수십 년간 엄마가 해주었을 거고, 독립한 후에는 H가 틈틈이 해줬던 거구나. 나라는 사람이 먹고, 자고, 존재하게 하기 위해 누군가는 그 티도 안 나는 반복적인 일을 묵묵히 해줬던 거구나. 왜 이걸 몰랐지.

H와 이야기를 나눌수록 내가 몰랐던 내 모습이 드러나면서 점점 충격에 휩싸였다. 놀라서 "내가 언제? 내가? 내가 그랬다고?"라고 외치는 나의 모습(정말 기억나지 않았다)이 참, 우리 집 누군가의 반응과 비슷해서 피식 웃음이 나왔다.

20대 변호사 시절 "치약 뚜껑을 열어놓은 것에 폭발했죠" "양말을 뒤집어놔서 대판 싸웠어요" 같은 의뢰인들의 이야기를 듣다 보면 내심 이런 생각을 하곤 했다.

'왜 그런 사소한 걸로 싸우지? 그냥 치약 뚜껑 좀 닫아주면 될걸, 양말은 다시 뒤집어주면 되고. 사랑한다면서 그거 하나 못 해주나?'

그야말로 알량한 우월감이었다. 나는 다른 사람과 달라, 그런 사소한 걸로 싸우는 사람은 되지 않을 거야.

그러나 나 아닌 자들의 뒤치다꺼리를 10년 가까이 하다 보니, 어느새 남편이 출장을 가면 '오늘은 좀 자고 왔으면'

하는 마음이 피어나고, 아이를 친정에 하룻밤 맡기는 날에는 박하사탕을 먹은 듯 가슴이 뻥 뚫리는 나 자신을 발견하게 되었다. 그러던 어느 날, 마침내 꾹꾹 눌러왔던 분노가 아주 극단적으로 터져 나오고 말았다.

"제발 쓰레기 좀 쓰레기통에 버려!! 지긋지긋해!"

날카로운 내 말에 남편은 당황하더니, 왜 말을 그렇게 하느냐며 자기도 화를 냈다. 그 반응에 더 화가 치밀었다. 서로 상처 주는 말을 주고받은 끝에 나는 서러워 엉엉 울었고 그동안 얼마나 힘들었는지를 줄줄이 읊었다.

"정말 몰랐어. 난 정말……. 유나야, 미안해. 진작 말하지 그랬어."

진작 말할걸.

하고 싶은 이야기를 다 하고 나는 무한한 자유를 느꼈다. 그리고 사랑한다면서 그것 하나 못 해주냐던, 그런 자질구레한 일 따위가 싸울 거리나 되냐던 20대의 나를 아주 크게 비웃었다. 가족이란 이름 앞에서는 목숨도 아깝지 않지만, 아… 쓰레기는 이제 더 못 줍겠다.

여기까지 읽으며 혹시 울컥한 분이 계시다면 토닥토닥.

집안일은 큰 성취감을 안겨주지도 않으면서 '끝'이 없는 것이기에 더 힘든 것 같다. 그래서 더 억울한 거다(내 이야기가 구구절절 길어지는 것도 다 그 때문). 소송을 제기하러 온 이들 중에 많은 수가 집안일로 인한 분쟁이 이혼을 결심하게 된 계기라고 말하는 것만 봐도 알 수 있다(재미있는 사실 한 가지. 이혼 사유로 집안일을 이야기하는 비율이 50~60대에서는 여자가 압도적으로 크고, 40대에서는 여자가 조금 더 크며, 20~30대에서는 남녀 비슷하다).

소중한 사람을 위해
언제든 희생할 준비가 되어 있는 우리지만,
그 희생이 일상의 빛을 모두 잃게 만드는
노동으로 변질되어선 안 된다.

그러려면 내 곁의 누군가가 나를 위해 끝도 없이 하고 있을 자질구레한 일들의 값어치를 늘 생각하고, 그것에 대한 고마움을 꾸준히 표현해야 한다.

집안일을 길게 이야기하긴 했지만, 어디 이것뿐일까. 친구 모임이 있을 때마다 장소를 찾아보고 예약하고 연락을 돌리는 친구가 있다. 그걸 당연히 여겼지만, 생각해 보면 그건 당연한 일이 아니었다. 자기 시간과 에너지를 할애해야 하는 것이니까. 회사에서 다 같이 쓰는 공용 공간을 남몰래 정리하는 사람, 양호실에 간 친구를 위해 과제나 공지 같은 것을 정리해 알려주는 학생도 마찬가지일 터.

내 독립생활을 강제 뒷바라지(!)해 주었던 H와 이야기를 나누며, 나는 분명 내 남편은 물론 내 어린 아들마저도 미처 내가 알아채지 못했던 다른 종류의 배려와 희생을 묵묵히 하고 있는 건 아닐까 생각하게 됐다. 그러니까 이렇게 부족한 나도 잘살고 있는 거겠지. 아니, 남편과 아들만이 아닐 것이다. 내가 여기까지 살아올 수 있었던 건 정말 많은 사람이 나를 알게 모르게 돌봐주었기 때문이라는 걸 가슴 깊이 깨닫는다.

해도 티나지 않는 사소한 일, 누구나 할 수 있지만 누구라도 나서서 하지 않으면 안 되는 일. 이것을 누군가는 맡았기에 모든 관계가, 일상이 무리 없이 이어지고 있는 거겠지.

바람피운 게 아니고
바람난 것。

수년 전의 일이다. 부부 모두 외도를 저질렀다. 양쪽 다 잘 못을 인정하고 이혼에는 협의했으나 양육권 다툼이 있어 소송까지 가게 되었다.

　내 의뢰인은 배우자의 바람을 확인하고 머리끝까지 화가 난 나머지, 홧김에 오랜 친구와 불륜을 저지른 케이스였다. 드라마 〈부부의 세계〉에서 주인공이 배우자의 외도를 확인하고 복수심에 불타 자신에게 평소 호감을 표시해 오던 지인과 하룻밤을 보내는 장면이 나왔을 때 이 사건이 떠올랐다. '복수심에 저지른 맞바람'이란 주제는 드라마에서뿐 아니라 현실에서도 매우 자주 일어나는 일이다.

양쪽 모두 외도를 했을 때는 법적으로 파탄 책임이 비슷하다고 평가된다. 다만, 부부가 완전히 이별하기로 하고 관계가 파탄 난 상태에서 어느 한쪽이 이성을 만났다면 그 만남은 외도로 인정하지 않는 경우도 있다(양쪽의 주장을 듣고 재판부에서 증거와 상황을 면밀히 따져본 후 결정한다). 이런 법리에 입각, 우리는 첫 번째 열린 조정기일에 출석해서 '상대방의 외도가 먼저였고 그로 인해 이미 혼인이 파탄 난 상태에서 외도를 한 것'임을 주장했다.

출석 전, 우리는 상대방이 이런 주장을 펼칠 것이라 예상했다.

"어차피 한 번씩 외도했으니 위자료는 서로 없는 걸로 하고, 양육권이랑 재산 분할 이야기나 하죠."

상식적으로 생각할 때 이런 말 말고 무슨 말을 할 수 있을까. 그러나 조정기일에는 늘 상식을 뛰어넘는 말을 듣게 되는 법이다. 그 무엇도 섣불리 예측해선 안 된다.

변호사도 없이 출석한 내 의뢰인의 배우자는 우리 주장을 듣더니 또박또박 이렇게 말했다.

"재판장님, 저는 바람이 난 것이지만 상대방은 바람을

피운 것입니다. 그러니 제가 위자료를 받아야 합니다."

너무 신선한(?) 말이 나와 호기심이 일었다. 뻔하고 지루했던 조정실의 공기가 색다르게 바뀌기 시작했다. 당황한 조정위원들의 갈 곳 잃은 눈동자가 내 눈동자와 마주쳤다. 우리가 같은 감정으로 이어졌다는 게 느껴졌다.

"도대체 바람난 것과 바람피운 것이 어떻게 다른 겁니까?"

잠깐의 침묵을 지나, 한 조정위원이 입을 뗐다. 그러자 또 한 번 등장한 신선한 대답.

"저는 어쩌다 실수로 바람이 '난' 거지만, 상대방은 제 바람을 알고 일부러 바람을 '피운' 것이니 훨씬 큰 잘못인 거죠."

법적으로 고의범과 과실범의 차이를 논하고 있는 건가. 순간 나는 그의 변론 능력에 진심으로 감탄할 뻔했다.

그의 태연한 태도와 말은 도저히 웃음소리가 흘러나오기 어려운 공간에서 모두의 웃음을 터뜨리게 하는 진기록을 세웠지만, 그뿐이었다. 그의 주장은 묵살당했고, 위자료 없이 양육권과 재산분할 부분만 합의하며 두 사람의 관계는 원만히 정리되었다.

법정은 정말이지, 세상의 모든 다양한 가치관이 표출되는 곳임을 다시 한 번 느꼈다.

또 다른 사건의 조정기일이었다. 나는 원고인 아내 측 대리인으로 원고와 함께 조정 자리에 출석했고, 피고 1은 남편, 피고 2는 내연녀로 둘은 대리인(변호사) 없이 출석했다. 원고는 임신 중일 때 남편의 외도 사실을 확인한 후, 만삭의 몸으로 집을 나와 친정에서 아이를 출산하고 100일 정도 된 때였다.

일반적으로 피고들은 대리인 선임을 하는 편인데 그날따라 피고 둘 다 변호사를 대동하지 않고 와서 시작부터 좀 의아했다.

"왜 변호사를 선임하지 않으셨습니까?"

조정위원들도 궁금했는지 먼저 이렇게 물었다. 그러자 피고 1은 담담히 말했다.

"제가 직접 해명하고 아내를 설득하는 게 나을 것 같아서요."

피고 2는 아무런 말도 없이 내내 고개를 푹 숙이고 있었다. 조정 절차가 시작되고 한 시간쯤 지나서야 겨우 얼굴을 확인할 수 있을 정도였다.

모든 걸 내려놓은 듯한 피고 2에 비해, 피고 1의 눈동자는 굉장히 준비해 온 말이 많다는 듯 분주히 움직이며 반짝였다. 조정위원님도 분위기를 눈치챘는지 피고 1에게 먼저 질문했다.

"원고가 피고의 외도로 인하여 이혼을 원하고 있는데, 이혼에 동의하십니까?"

피고 1은 기다렸다는 듯이 당당한 말투로 대답했다.

"아니요, 저는 절대 이혼하지 않습니다."

마치 본인에게 어떤 처분 권한이 있다는 듯한 태도였다.

이미 조정실 입구에 들어서며 피고 1과 눈이 마주치는 순간부터 '저 사람 오늘 이혼 의사 없다고 하겠구나' 하고 직감한 터라 놀랍지도 않았지만, 왜 그러는지 그 이유만은 궁금했다.

"위자료 청구액이 많다고 생각하시는 건가요, 아니면 원고와의 관계에 미련이 남은 건가요?"

내 질문에 그가 내놓은 답변은 또 한 번 내 예상을 뛰어 넘었다.

"대한민국에 바람 한 번 안 피우는 남자가 어디 있습니까? 이런 일로 이혼하면 세상에 이혼 안 할 부부가 없죠. 여기 남자 위원님 계시니 잘됐네요. 제 말이 틀립니까?"

곤란한 질문을 받은 남자 위원님은 두 번 생각할 것도 없다는 듯이 이렇게 대답했다.

"대한민국에 저를 포함해 바람 안 피우는 남자는 매우 많습니다. 또한, 외도는 법적 이혼 사유여서 본인이 동의하지 않더라도 현재 나와 있는 증거만으로 이혼은 성립될 것입니다."

위원님은 잠시 뜸을 들이더니, 이렇게 덧붙였다.

"…그리고 대한민국 남자들을 그런 식으로 일반화해 모독하는 것은 듣기 좋지 않네요."

조정기일에는 변론기일과 달리 상대방과 다투는 것이 아니라 서로 합의안을 마련해야 하기에 변호사는 말을 아끼게 된다. 가슴속에서 '욱' 치미는 화를 겨우 누르고 있을 때, 남자 위원님의 해주신 이 차분한 한마디를 듣자 온몸에 아주 은은한 사이다가 퍼지는 것 같았다. 짜릿, 강렬한 사이다 말고 좀 더 순한 천연 사이다였다고나 할까.

세상에 정말 저런 이야기를 하는 사람이 있나 싶겠지만, 외도로 이혼 소장을 받은 피고들이 꽤 자주 하는 항변이 바로 "세상에 안 그러는 남자/여자 없다"라는 말이다. 불륜을 저지른 자기 자신보다는, 누구에게나 일어나는 '흔한 일' 정도로 가정을 깨뜨리려 하는 상대방이 문제라는 것이다. 이들은 그러면서 도리어 상대방을 원망한다.

법정에서 이런 이들을 만나면 20대 때는 너무 화가 났지만 이제는 안타까운 감정도 든다. 그런 말을 하는 사람은 십중팔구 아주 간절히 이혼하지 않길 바라는데, 이혼을 결정하는 데 그런 말은 법적으로 최악의 수이기 때문이다. 자신이 유책 배우자임을 만천하에 공표하는 거니까. 하긴, 이런 계산을 할 줄 알았다면 애초 그런 말을 꺼내지도 않았겠지. 말해봤자 이런 이들의 생각이 바뀌기야 하겠느냐만, 그래도 그때 꾹 참았던 말을 여기서 꼭 해주고 싶다.

안 그러는 남자, 안 그러는 여자, 정말 많다.

우리는 아는 고통에
관대하다。

회사에 다니는 한 친구에게 무척 흥미로운 이야기를 들은
적이 있다. 그 친구는 처음 들어간 회사에서 소위 '진상' 팀
장을 만났다고 했다. 보고를 올려도 제대로 안 보고 뭉개
고, 미팅도 없으면서 자꾸 외근 나갔다가 현지에서 퇴근하
고, 그렇게 자기는 대충 일하면서 팀원들에게는 일 다 넘기
고 빡빡하게 구는 최악의 상사. '내가 저런 상사를 만난다
면?' 하는 생각만으로 벌써 아찔했다.

　"정말 웃기는 게 뭔지 알아? 이 사람이 유일하게 부모님
문제는 봐준다는 거. 다른 건 다 안 돼. 몸이 아파서 못 나
가겠다고 해도 일단 나와보라 하고, 아이 일로 조금만 일찍

들어가면 안 되냐고 해도 어림없어. 근데 부모님이 좀 안 좋으시다? 얼른 모시고 병원 가보라고 등을 떠미는 거야."

대체 이 팀장은 왜 그랬던 것일까. 그는 몸이 편찮으신 부모님 두 분을 모시고 살고 있다고 했다. 부모님이 자주 아프다 보니 회사에서 자리 비우는 일도 잦았다는 것.

물론 팀장의 무능력과 불성실한 태도를 그런 이유로 정당화할 수는 없을 것이다. 다만 한 가지 깨달을 수 있었던 사실은, 사람의 공감 능력이란 자신의 경험 범위 이상을 넘어가기 참 힘들다는 점이었다. 다르게 말하면, 우리는 자신이 경험해 봤던 일이나 감정에 대해서는 너무나 쉽게 공감한다고 할 수 있다.

아이를 낳고 조리원이라는 곳에 들어갔다. 조리원에 들어가면 산모들 사이에는 '조리원 동기(일명 '조동')'라는 것이 생기고, 조리원을 나오고 나서도 이들과 연락을 주고받으며 매우 가깝게 지낸다는 이야기를 종종 들었다. 처음에는 나와 상관없는 이야기라고 생각했다.

'지금 있는 친구들도 충분한데, 굳이 새로운 친구를 사궐 필요가 있을까? 말하는 일을 업으로 하는 내가, 편안하게 쉬어야 하는 그곳에서까지 낯선 사람과 미주알고주알 떠들어야 한다고? 너무 피곤할 것 같은데.'

아무리 생각해도 부담스러웠다. 실제로 입소 첫날에는 너무 몸이 힘들어서 말을 꺼낼 기운조차 없었다.

혼자 조용히 시간을 보내고 퇴소를 며칠 앞둔 어느 날, 어떤 산모 두 명이 내게 식사 도중 말을 걸어왔다. 조리원 입소 3주 만이었다. 좀 살만해진 터라 약간의 대화를 나누었는데 '아, 조동이라는 게 이런 거구나!' 하는 깨달음이 불현듯 찾아올 만큼 강렬한 친밀감이 느껴졌다. 나는 조리원에서의 남은 날들 내내 그 두 명과 지칠 줄 모르고 수다를 떨었다.

이게 끝이었을까. 천만의 말씀. 조리원을 나와 수년이 지난 지금까지 우리 셋은 매일 단체 메신저 창에서 수시로 대화를 나누고 종종 만나서 식사를 하며, 육아의 고충을 나누고 서로를 위로하는 없어선 안 될 친구 사이가 되었다. 서로에 대해 아는 것이 전혀 없었는데도, 출산과 육아라는 인생의 거대한 이벤트를 같은 시기에 겪었다는 이유만으로 서로를 이렇게 좋아하게 되었다는 것이 나는 여전히 놀랍다. 남자들에게 군대 동기가 이런 느낌일까.

상담을 하다 보면, 외도의 이유를 설명하며 '공감'을 말하는 사람이 무척 많다. 회사 생활에 너무 지쳐 있을 때 배우자와 달리 자신의 처지를 이해해 주고 공감해 주는 동료에게 마음이 갔다는 사람, 독박 육아를 하며 우울해할 때 그 고통을 유일하게 알아준 이웃에게 나도 모르게 끌렸다는 사람, 직장에서 큰 프로젝트를 진행하며 고락을 함께한 동료와 해외 출장을 갔다가 순간 흔들렸다는 사람, 임신하고 집에 있을 때 남편이 너무 바빠 종일 이야기 나눌 사람이 없자 인터넷 채팅을 하며 비대면 사랑에 빠졌다는 사람까지. 상황은 다양하지만, 이들의 이야기는 모두 똑같다.

"제 마음을 알아준 건 그 사람뿐이었어요."

우리는 겪어본 일, 그중에서도 자신이 '잘 아는 고통'에 대해서는 엄청난 공감 능력을 보인다. 나와 같은 고통을 겪고 있는 사람 앞에서는 이성이 마비된 채 깊이 감정 이입하며 상대의 그 어떤 잘못도 너그럽게 용납해 줄 만큼 관대해지곤 한다.

반대로, 겪어보지 않은 고통에 대해서는 내가 정말 소중하게 여기는 관계마저 해칠 만큼 전혀 공감해 주지 못할 때도 있다. 이것이 또 다른 이혼 사유로 작동하는 경우도 허다하다. 시어머니를 모시고 사는 전업주부 며느리가 남편 없는 자리에서 시어머니에게 인격 모독적인 말을 듣고 그것을 남편에게 어렵사리 이야기했는데, "그게 뭐 그리 힘들다고. 한 귀로 듣고 한 귀로 흘리면 되지"라고 하는 남편의 말을 듣고 충격을 받아 나를 찾아온 적이 있었다. 10년 넘게 외벌이를 하다가 승진에서 밀려 퇴사한 남편이, 아내가 무심결에 "다른 남자들은 나이 먹을수록 더 잘나간다던데"라고 한 말을 듣고 질렸다며 이혼을 결심한 사례도 있었다. 맞벌이하는 아내가 자기는 아이 때문에 회식 한 번 참석하지 못하는데, 남편이 매일 "나 오늘 한잔하고 들어갈게"라고 하자 참다 못해 이별을 선언하는 경우도 있었다. 언제나 내 편이 되어줘야 할 짝이 나의 고통을 남보다도 알아주지 않는 것 같다고 느낄 때, 그때가 바로 관계의 종말이 시작되는 시점인 것이다.

물론 그렇게 관계가 파국으로 치닫다가도 극적으로 '아는 고통'을 만나 공감대를 찾고 관계가 회복되는 이들도 적지 않다. 실제로, 이혼 과정 중 장인이 돌아가시자 일찍 부모를 여읜 남편이 "그 마음 누구보다 잘 안다"며 아내를 위로해 주고 앞장서서 정성껏 장례를 치른 후, 이혼 소송을 취하한 일도 있었다. 비슷한 사례가 너무 많아 나열하기 힘들 정도다.

공감 때문에 우리는 더 가까워질 수도, 멀어질 수도 있다. 간혹 타고난 공감 능력으로 모든 사람에게 위로를 나누어주는 이도 있지만, 그런 사람도 몸과 마음에 여유가 없을 때는 우리와 별반 다르지 않을 것이다.

그렇다면, 우리는 비슷한 경험을 가지고 비슷한 고통을 겪어본 사람하고만 잘 지낼 수 있는 것일까. 누군가와 만나기 시작할 때, 결혼을 결심할 때, 이런 부분을 꼭 따져봐야만 할까.

수천 커플의 만남과 이별을 지켜본 내 입장에서 말하자면, 그것이 그다지 큰 의미는 없는 것 같다. 비슷한 고통을 겪어본 이들끼리 만났다 해도, 우리 인생에 어떤 고통이 새롭게 들이닥칠지는 전혀 예측할 수 없기 때문이다.

관계가 오래 유지되려면 인생에 닥쳐올 수많은 고통을 반드시 함께 나눌 수 있어야 할 텐데, 대체 우리는 이 부족하기 짝이 없는 공감 능력으로 어떻게 서로를 실망시키지 않으며 살아갈 수 있을까.

첫째, 공감받기 원한다면 제대로 표현해야 한다.

"나 힘들어"라고 한마디 했다고 당장 달려와 나를 안아주고 토닥여 줄 사람은 세상에 많지 않다. 그런데도 연인이나 배우자에게는 자꾸 그럴 것을 기대하게 된다. 그들도 다른 사람과 다를 바 없는 존재임을 기억해야 한다. 공감받고 싶다면 상대방에게 내 상황을 충분히 설명하고, 내 감정과 앞으로의 계획 등을 구체적으로 공유할 수 있어야 한다.

정말 많은 사람이

제대로 자기 상황을 설명한 적도 없으면서

상대방의 공감 능력을 탓하며 마음을 닫아버린다.

60대 남자들 중에 이런 이들이 특히 많다. 이들은 수십 년간 가족을 위해 밖에서 갖은 노동을 해왔으면서도, 가족을 사랑하는 마음으로 힘든 사회생활을 버텨왔으면서도, 막상 집에 와서는 "나 오늘 힘들었다"라고 말 한마디 하지 못하고 '습관성 강한 척'으로 일관한다. 힘들다고 말하느니 버럭 화를 내며 자신의 여유 없는 감정을 감추곤 한다. 60, 70대에 이혼 소장을 받고 나서야 "집사람은 한 번도 내 희생을 공감해 주지 않았어요. 저를 그냥 돈 버는 기계쯤으로 생각했다고요"라고 하소연하는 이들을 많이 보았다. 이런 분과 대화할 때면 마음이 아프다. 마음을 부드럽게, 적절하게 표현하는 것이 이토록 어려운 것이다.

둘째, 같은 목표로 나아가고 있다는 확신을 서로에게 주어야 한다.

비록 현재 서로의 역할이 많이 다르고, 함께할 수 있는 시간도 매우 적으며, 직장 동료나 이웃, 친구들이 내 마음을 더 잘 알아주는 것 같은 상황일지라도 무엇을 위해 서로가 애쓰고 있는지 꼭 되새겨보았으면 한다. 행복한 미래로 나아가기 위해 현실을 희생하기를 원하는 사람은 많지 않다. 대부분 어쩌다 보니, 어쩔 수 없이 서로에게 소홀해지는 것인데, 며칠에 한 번이라도 우리가 무엇을 위해 이렇게 앞으로 나아가고 있는지 함께 인생의 내비게이션을 살펴본다면 쉽게 방향을 잃지 않을 것이다.

셋째, 내가 알지 못하는 고통에 대해서도 공감해 보려 노력해야 한다.

가장 난이도가 높은 과제다. 시간을 들여 상대방에게 왜 힘든지, 어떻게 도와주면 좋을지 물어보고 의견을 구해야 한다. 마음속으로만 걱정하면서 '모르는 척하다 보면 다 지나가겠지' 하고 생각한다면 오산이다. 시간이 흘러 상대의 마음은 좋아질 수 있어도, 그렇게 나아진 상대방이 여전히 내 곁에 남아 있을지는 아무도 모를 일이다.

아무 일도 없었는데
관계가 끝나버린 이유。

"아무 일도 없었는데 남편이 갑자기 이혼을 요구해요.""평화롭게 잘살고 있었는데 와이프가 갑자기 집을 나가버렸어요."

도대체 상대방이 갑자기 왜 저러는지, 내가 뭘 그렇게 잘못한 건지 모르는 채 관계의 끝을 통보받는 사람들이 있다. 이들은 배우자가 사고로 갑자기 세상을 떠나 혼자 남게 된 사람만큼이나 황망해하고, 분노하고, 괴로워한다. 이유를 모른 채 이별하는 것만큼 받아들이기 힘든 일도 드문 법이다.

내게 찾아오는 사람들 중 절반 정도는 '사건'이라 불릴 만한 상황을 들고 온다. 배우자의 외도, 폭행, 파산, 도박으로 인한 재산 탕진 등. 그런데 나머지 절반은 손에 '소장'이라고 쓰인 법률 문서를 들고 있으면서도 대체 자신이 왜 이런 일을 겪는 것인지 몰라 상황을 받아들이지 못하는 사람들이다.

아무리 오랜 세월 함께 즐거웠고 고생했고 행복했고 아파왔어도 서로를 잘 안다는 것은 새로운 행성을 발견하는 것만큼이나 어려운 일이다. 그래서 자신의 아픔은 뼛속 깊이 느껴지는 데 반해, 상대방의 상처는 잘 보이지 않는다. 참 기막히게도, 소송에서 상대방이 자기 입장을 담아 내놓은 법률 서면을 보고, 또는 삭막한 재판정에서 상대방이 힘겹게 이야기하는 것을 듣고 나서야 비로소 그의 상처가 어떤 무늬인지 처음 발견하는 이들도 많다.

이런 이야기를 하면, 말도 안 된다고 하면서 화를 내는 사람도 있다.

"상처 준 사람은 자기가 상처 준 줄 모르는 거예요. 나쁜 거지. 상처받은 사람만 억울한 거야."

현실은 어떨까. 많은 사람을 지켜본 결과, 자신이 상대에게 상처 준 것을 모르는 사람이 정말 허다하다는 걸 알게 됐다. 또 같은 말에도 상처받는 사람이 있는가 하면 상처받지 않는 사람도 있는 걸 보면서, 자기 안의 어떤 여린 부분이 상대의 말을 들었을 때 유독 자극을 받아 상처로 연결되는 수도 있다는 걸 깨달았다. '상처 준 사람은 나쁜 가해자, 상처받은 사람은 억울한 피해자'라는 이분법으로 모든 상황을 설명할 수는 없다는 뜻이다.

한 신혼부부가 있다. 아내는 저녁 여섯 시, 남편은 저녁 여덟 시쯤 퇴근한다. 아내는 남편을 위해 무엇을 할 수 있을지 고민한다. 자기가 두 시간 먼저 퇴근하니까, 그 사이에 맛있는 저녁상을 손수 차려서 남편을 기쁘게 해줘야겠다고 생각한다. 남편도 아내를 위해 무엇을 할지 고민한다. 아내가 퇴근해서 힘들지 않도록 음식을 사서 들어가기로 한다. 이렇게 아내는 피곤한 몸으로 요리하고, 남편도 피곤한 몸으로 맛집에 들러 줄을 서서 음식을 포장해 집으로 가는 일이 반복됐다.

서로를 위하는 마음이 크다 보니 자꾸 상대방의 표정과

반응을 살피게 된다. 아내는 남편의 건강을 생각해 정성껏 음식을 만들었는데 매일 음식을 사오는 남편 때문에 약간 눈살이 찌푸려진다. 남편은 기껏 고생하지 말라고 음식을 사오는데 매번 요리하는 아내가 이해되지 않고, 설거지거리와 음식물 쓰레기를 본인이 처리해야 한다는 생각에 아찔하다. 그렇게 둘은 1년을 보냈다.

첫 번째 결혼기념일이 찾아왔다. 아내는 결혼기념일을 맞이해 한 번도 시도해 보지 않았던 프랑스 요리를 세 시간에 걸쳐 만들었다.

'남편이 연애할 때처럼 꽃다발을 사오면, 기뻐하면서 맛있는 음식을 대접해야지. 내가 정성껏 준비한 식탁을 보고 얼마나 감동받을까.'

한편 남편은 결혼기념일이니까 더 유명한 맛집을 찾아갔다. 한 시간 동안 줄을 서야 한단다. 오늘은 특별한 날이니까 그 정도는 기다릴 수 있다고 생각하고, 힘들지만 한 시간을 기다렸다. 마침내 음식을 포장하고 꽃집을 찾아가니, 이미 늦은 밤이라 전부 문을 닫았다. 하는 수 없이 음식만 들고 집으로 간다.

'꽃은 없지만 그래도 이 귀한 음식을 보면 얼마나 좋아할까.'

남편은 아내를 보자마자 자기가 사온 음식이 얼마나 유명한 맛집의 것인지, 줄 선 사람이 얼마나 많았는지 신나게 설명한다. 어라? 아내의 표정이 좋지 않다.

식탁에 아내가 한 요리와 맛집 음식을 함께 올려놓고 만찬을 시작한다. 어색한 분위기 속에 밤 열한 시가 되어서야 겨우 식사를 마친 남편과 아내는 별로 행복해하지 않는 서로의 모습에 거의 동시에 실망한다.

긴 침묵 끝에 먼저 남편이 입을 연다.

"아까 그 음식 어땠어?"

마치 분노 버튼을 누른 것처럼 아내가 갑자기 크게 소리를 질렀다.

"내가 세 시간 동안 한 음식은 안중에도 없고, 너는 네가 먹고 싶은 음식 사오는 게 더 중요하지? 결혼기념일인데 밤 열 시에 들어오고, 게다가 꽃 한 송이도 없어?"

남편은 자신이 화를 내야 할 타이밍에 먼저 화를 내는 아내의 모습에 어이가 없다.

"너 먹으라고 사왔지, 나 먹고 싶어서 사왔냐? 추운 데서 한 시간이나 기다려 사다 줬더니 넌 어떻게 감사할 줄을 몰라? 누가 음식 하랬어? 자기가 SNS에 올리고 싶어서 해놓고 나한테 성질이야!"

그날 밤, 이 부부는 지독한 공방전을 벌였다. 이야기는 결국 서로가 얼마나 이기적인가 비난하는 데까지 흘러갔다. 둘은 서로에게 일장 연설을 늘어놓은 후, 각방 생활에 돌입했다.

이 부부 중 잘못한 사람은 누굴까. 없다. 두 사람 모두 서로를 위하는 마음을 자기 나름대로 표현했을 뿐인데, 상대가 그것을 알아채지 못했을 뿐이다.

누구도 잘못하진 않았지만, 관계는 얼마든지 나빠질 수 있다. 한쪽의 잘못이 뚜렷하지 않은 이상 관계는 주로 이런 패턴으로 나빠지고 끝을 향해 간다. 서로의 행동을 자기 식대로 해석하다가 오해를 쌓아가고, 그 오해가 너무 높이 쌓여 한순간 무너졌을 때 끝을 맞이하는 것이다. 그저 설명이 부족했던 건데. 설명의 타이밍이 좀 늦었던 것뿐인데도.

관계는 노력 없이 그냥 두면

자연 소멸하는 습성이 있다.

그러므로, 소중한 관계를 이어나가려면

더없는 노력을 기울여야 한다.

무엇보다, 상대가 원하는 것이 무엇인지를 내 관점에서 추측할 것이 아니라 상대에게 정확히 물어볼 필요가 있다. 그럴 수 없는 상황이라면, 상대가 다른 사람을 어떻게 배려하는지 유심히 살펴보고 그 방식을 따라 해보는 것도 좋은 방법이다.

교수로 있는 지인이 들려주었던 이야기가 있다. 어느 날 이 교수가 가장 아끼던 대학원생이 갑자기 연구실을 떠나겠다고 했다. 교수는 그동안 이 제자에게 수시로 앞날에 대한 비전을 제시하며 연구 방향을 큰 틀에서 다듬어주기 위해 조언을 아끼지 않았다. 이렇게 정성을 쏟았던 제자였기에 충격을 받았던 교수는 다른 제자에게 그 친구가 왜 연구실을 나가려고 하는 거냐고 물었다. 다른 제자가 조심스럽게 들려준 대답은 이것이었다.

"교수님이 그 친구에게 너무 추상적인 이야기만 하셨대요. 그 친구는 그런 거 말고 실제로 연구를 어떻게 진행해야 하는지 좀 더 디테일한 가르침을 원했고요."

그 교수는 더 큰 충격을 받았다. 자신이 제자에게 주려 했던 것이, 제자가 원하던 것이 아니었다는 사실을 깨달은 것이다. 교수는 늦었지만 그 제자에게 자기 심정을 솔직하게 털어놓았다. 그동안 힘들었던 부분을 왜 진작 이야기하지 않았느냐고, 지금부터라도 한번 같이 노력해 보자고. 평소 교수가 자신을 아껴줬다는 걸 알았던 제자도 긴 고민 끝에 마음을 달리 먹고 연구실에 남기로 결정했다.

앞서 이야기했던 신혼부부 이야기로 돌아가 보자. 만약 남편이 한 번이라도 아내가 좋아하는 음식을 직접 만들어 아내에게 대접했다면 어땠을까. 만약 아내가 남편을 위해 맛집에서 맛있는 음식을 사와 함께 즐겼다면 어땠을까. 만약 이들이 '내가 왜 음식을 만드는지' '내가 왜 맛집을 가서 음식을 사오는지' 서로에게 정확히 들려줬다면 어땠을까. 아마 이들의 관계는 상상 이상으로 풍요롭게, 입체적으로 발전해 나갔을 것이다.

아쉬운 것은 우리 대부분이 소중한 관계를 잃고 한참이 지나고 나서야 뭐가 문제였던 건지 조금이나마 감을 잡는다는 사실이다. 있을 때 잘하자는 말이 괜히 나온 게 아니다.

잠깐, 이런 말 한마디도 사람마다 다르게 받아들일 수 있어서 덧붙여 본다. 여기서 '잘하자'는 것은 그저 예쁜 말투를 쓰고 일방적으로 희생하라는 뜻이 아니다. 상대방을 잘 '알고' 배려하자는 의미다.

왜 이제 와서 vs.
이런 줄 몰랐으니까.

정현종 시인은 '방문객'이란 시에서 한 사람이 내게 찾아온다는 것은 그 사람의 인생이 내게 오는 것과 같다는 이야기를 했다. 가끔 직업적인 회의감이나 피로감을 느낄 때마다 나는 이 시를 보며 마음을 다잡곤 한다.

그날도 그렇게 마음을 정돈하고 자리에 앉았다. 스케줄 보드를 보니 오후 두 시, 세 시 이렇게 한 분씩 상담 예약이 되어 있다.

"변호사님 두 시 예약 손님 오셨습니다."

40대 여자분이 들어온다. 이제는 상담실 문을 열고 들어오는 사람의 표정만 봐도 그 사람의 이별이 몇 퍼센트나 진행되었는지 가늠할 수 있다. 걸음걸이가 빠르고 숨소리는 거칠며 눈에는 불안감이 가득한 것을 보니, 이분의 '이별 버퍼링' 정도는 20퍼센트쯤이라고 마음속으로 생각한다('이별 버퍼링'은 '상대방을 마음속에서 온전히 보내는 과정'이란 뜻으로 내가 만든 말이다).

상담 내용은 고부 갈등이다. 시어머니를 모시고 사는데 고부 갈등이 너무 심해져 도저히 같은 공간에 있을 수 없다는 내용이다. 남편에 대한 특별한 미움은 없지만, 시어머니를 생각하면 이혼해야 하지 않겠느냐고 묻는다. 그러나 불안 가득한 이분의 눈빛은 나를 향해 "고부 갈등 문제를 해결하려고 해야지, 이혼은 좀 섣부른 거 아닐까요?"라고 대답해 달라 외치고 있다. 이분은 한참을 울다가 내 방문을 닫고 나간다. 한 사람의 인생이 나를 스쳐 지나갔다.

"변호사님, 세 시 예약 손님 오셨습니다."

이번에는 30대 여자분이다. 동생을 데리고 왔고, 예쁘게 차려입었다. 상담 후 어딘가 좋은 곳에 놀러 갈 것만 같은 느낌이다. 얼굴은 편안해 보이고 눈빛에서 불안이 느껴지지 않는다. 이분의 이별 버퍼링은 90퍼센트 정도로 보인다.

이야기를 들어보니, 5년 전 남편이 첫 외도를 했는데 아이들을 생각해 각서를 받고 남편을 용서해 주었다고 한다. 그러다 2년 전 같은 일이 반복됐고, 그때는 남편이 내연녀까지 대동하고 찾아와 용서를 빌기에 또 넘어갔다고 한다. 그리고 한 달 전, 세 번째 외도를 목격하게 되었고, 결국 폭풍 같은 다툼 후 이혼과 양육권에 합의를 보았으나 금전적인 부분에 서로 의견 차이가 있어서 소송을 하러 나를 찾아온 것이었다.

어쩜 그렇게 편안해 보일 수 있느냐고 물으니, 처음에 그런 일을 당했을 때는 '혹시 내게도 잘못이 있었던 것 아닐까' 하는 생각이 들었는데, 같은 일이 반복되다 보니까 근본 없던 죄책감도 씻기고 더 할 수 있는 것이 없다는 사실에 오히려 안도감이 들었다고 한다. 이분은 정말이지 '서류 정리'만 남은 것 같았다. 마음속에 왜 상처가 없겠느냐만 적어도 남편에 대한 마음은 일말의 미련 없이 정리된 게 분명해 보였다.

상대방에 대한 분노와 미움이 계속해서 머리와 가슴을 지배한다면, 아직 이별할 준비가 되어 있지 않다고 봐야 한다. 아주 오래전 재미있게 봤던 드라마 〈내 이름은 김삼순〉에서 주인공 김삼순은 실연을 당한 후 "심장이 딱딱해졌으면 좋겠어"라고 말한다. 그 말을 듣고 여러 번 울컥했던 기억이 난다. 상대를 마음에서 내보낼 준비가 되어 있지 않은 삼순이가 너무나 안타까웠다.

삼순이처럼 마음이 정리되지 않은 것도 슬픈 일이지만, 상대의 마음과 나의 마음 사이에 이별 버퍼링 정도가 차이난다는 건 더 가슴 아픈 부분이다.

법정이란 장소는 드라마에서처럼 변호사가 일어나 멋지게 변론하고, 방청객들은 감동의 눈물을 글썽이고, 재판장은 변호사의 현란한 말솜씨에 마음이 열려 권선징악의 판결을 내리는 곳이 아니다. 전혀 아니다. 변론기일에는 주로 서면을 통해 소송이 진행된다는 것부터가 드라마의 모습과 딴판이다. 조정기일에는 부부 싸움의 무대가 '작은 안방'에서 '방청객이 있는 큰 법정'으로 옮겨진다고 보면 된다. 옆 조정실에서는 고성이 오가고, 법원 복도에서는 여러 가족의 통곡 소리며 혼란스러워하는 아이들의 울부짖는 소리가 춤을 춘다.

　수년 전 출석했던 조정기일. 이날도 조정실은 울음소리로 가득했다. 내 의뢰인은 남편과 3년 연애, 5년 결혼 생활 끝에 남편에게 마음의 문을 완전히 닫았고, 1년째 별거 중인 상황에서 나를 찾아왔다. 1년 이상 별거하면서 남편에게 전혀 연락이 없었기에 서로 협의하기도 어렵다며 이혼 소송을 제기해 달라고 했다. 의뢰인은 우리 측에서 소장을 보내면 남편이 쉽게 이혼에 응할 거라고 말했다. 그러나 깔끔한 마무리를 예상하는 의뢰인과 달리 막상 상대방은 완전히 다른 반응을 보이는 경우가 많은데, 이번에도 예외가 아니었다. 곧 도착한 답변서에는 '나는 절대로 이혼할 수 없으며, 지금 상황이 너무 황당하고, 가정을 꼭 지키겠다'는 내용이 들어 있었다.

　두 시간에 걸쳐 조정에 들어갔다. 내 의뢰인은 눈물을 흘리며 호소했다.

　"아이도 없는데 제발 이혼 좀 빨리 시켜주세요. 저 사람이랑 함께 사는 매 순간이 지옥이었어요. 제발요……."

　남편은 그저 그 말들을 온몸에 상처로 새기고 있었다.

고개를 푹 숙인 채 몸을 떠는데, 마치 투명한 피가 온몸에서 흐르는 것처럼 아파 보였다.

헤어지고 싶지 않은 사람과 제발 놔달라는 사람. 이들의 관계를 지켜보고 있자니, 너무 괴로웠다. 한숨으로 호흡을 고르며, 어렵게 감정을 숨긴 채 그 시간을 견뎠다.

사실, 이런 사건은 굉장히 많다. 이혼을 원하지 않는 상대방은 재판부가 부부 상담 절차를 진행해 주길 간절히 청하고, 상대방 변호사는 내게 애절한 눈빛을 보내며 '당신 의뢰인을 좀 설득해서 다시 잘해볼 수 있게 도와주세요'라는 무언의 메시지를 쏘아댄다.

놀라운 것은 이런 사건에서 이혼을 원하는 의뢰인이 보이는 반응들이 한결같다는 점이다. 이들은 백이면 백 "이제 와서!"라는 말을 한다. 결혼 생활을 하는 동안 여러 차례 먼저 상담을 받아보러 가자고 설득했는데 상대방이 원하지 않았고, 대화하자고 해도 매번 바쁘다며 거부했다는 것이다. 조정 때 이런 사실을 지적하면 상대방은 역시나 이렇게 말한다.

"우리 관계가 이렇게까지 나빠질 줄 몰랐어요. 그 당시에는 문제가 없다고 생각했으니까요."

관계가 틀어졌다는 것을 인지하는 시점은 서로 너무나도 달라서 놀라울 지경이다. 항상 한쪽에서는 이 관계가 이렇게 가다가는 끝장날 것이라 생각하고 노력을 기울이는데, 다른 한쪽은 상대방의 말을 가벼이 여기고 화를 내며 묵살한다. 그런데 시간이 지나고 나면 결국 그 관계는 처음 문제를 제기했던 사람의 말대로 흘러가고, 타이밍을 놓쳐 버린 상대방은 계속 관계를 이어가야 한다고 주장하다 마침내 어떤 노력을 해도 상황을 되돌리는 것이 불가능하다는 것을 깨닫고 관계를 포기해 버린다. 대부분의 이별은 이렇게 이루어진다.

상대방이 서로의 관계에 대해 심각한 문제 제기를 했을 때 이것을 묵살하는 이들의 유형은 크게 세 가지다.

첫 번째, 진짜 몰라서. 이 유형의 사람은 원래 감정을 잘 느끼지 못하는 편이라, 상대방의 심정을 온전히 공감하지 못한다. 그렇다 보니 자신이 판단하기에 관계에 별 문제가 없으면 상대방의 말을 잘 귀담아듣지 못하는 것이다.

두 번째, 두려워서. 이들은 무언가 잘못되고 있음을 본인도 알지만 그 이야기를 공론화하면 정말로 관계가 더 나빠져 버릴까 봐 대화를 회피한다. 이 상황도 물 흐르듯이 지나갈 거라고 막연히 생각하는 것이다. 너무 여린 나머지 관계를 망치는 유형이다.

세 번째, 귀찮아서. '먹고사는 것도 바쁜데, 저 사람은 왜 이렇게 말 한마디에 연연하면서 사사건건 나를 힘들게 하는 걸까' 생각하는 이들이다. 이들은 그저 인간관계 자체를 귀찮아한다.

이 세 가지 유형의 사람들은 결국 법원까지 와서야 처음 보는 사람들 앞에서 관계의 끝자락을 붙잡고 제발 자신을 놓지 말아달라고 애원하고, 또 애원한다. 그러나 이들에게 지친 상대방은 자신이 그간 계속해서 무시당하고, 배척당하고, 투명 인간 취급을 받았다고 느끼며 조금씩 마음의 문을 닫아왔기에, 절대로 그 문을 다시 열 수가 없다. 문을 닫는 과정에서 쏟아낸 눈물, 제발 대화 좀 하자고 애원하던 그 시간을 두 번 다시 경험하고 싶지 않은 것이다.

이분들이 내게 내보였던 그 아픈 상처를, 나는 누구보다

절절히 공감한다. 그래서 의뢰인의 눈빛과 말에서 배우자에 대한 미련이 조금도 느껴지지 않을 때는 주저 없이 최선을 다해 헤어질 수 있도록 도와드린다.

'이혼은 안 하면 좋은 것' '먼저 이혼하자고 하는 사람은 경솔한 사람'이란 편견 어린 시각은 나에게 전혀 통하지 않는다. 그저 이 사람을 하루라도 빨리 숨 쉴 수 있게 해주고 싶을 뿐이다. 이별 버퍼링의 정도가 너무 다른 것은 안타깝지만, 상대의 마음이 어떤지 들여다보고 관계를 위해 노력하는 것은 누구나 공평하게 지고 가야 할 의무이니까.

2장

너와 내가 같은 언어로

말할 수 있다면

1만 시간의
법칙。

흘러내리는 비를 와이퍼로 닦아내며 재판에 가던 날이었
다. 누군가의 씻을 수 없는 상처도 이렇게 말끔히 닦을 수
있다면 얼마나 좋을까. 이런저런 생각에 잠겨 있는데, 라디
오에서 익숙한 음악이 흘러나왔다. 내가 이 음악을 어디서
들었더라. 맞다, 남편이랑 연애할 때 사귄 지 100일 되던
날 남편이 들려준 음악이었지.

"오늘 만날 부부도 이런 소중한 기억들을 가지고 있겠
지……."

무심결에 혼잣말이 튀어나왔다. 내 의뢰인은 오랜 연애
끝에 결혼했고 그 누구보다 행복하게 살고 있었는데, 임신

을 하고 나자 남편의 태도가 눈에 띄게 바뀐 것을 느끼고 이혼을 결심한 상황이었다. 대체 왜 시간이 흐르면 사랑이 변할까. 사랑이 자리했던 공간이 왜 미움으로 채워질까. 한때 세상에서 가장 가까웠던, 내밀한 이야기마저 거리낌 없이 나누고, 절망할 때마다 눈치 보지 않고 기댈 수 있었던 그 사람은 어디로 갔을까.

많은 분의 이야기를 들어보면 보통 '사랑이 변했다'라는 느낌은 두 사람을 둘러싼 상황이 변했을 때 찾아오는 것 같다. 큰 갈등 없이 평화롭게 연애하다가 결혼하고 나서 처음 맞은 명절에 누구 부모님 댁에 먼저 방문할지를 놓고 처음으로 고성을 지르며 싸움을 했다는 신혼부부의 이야기는 너무나 흔하다. 둥글둥글한 관계를 유지하던 부부가 남편 퇴직 후 서로 함께하는 시간이 길어지면서 자주 부딪치다가 황혼 이혼을 하게 되는 경우도 적지 않다.

어디 부부뿐일까. 사이 좋은 형제가 각자 가정을 꾸린 후 아픈 부모님을 모시는 문제로 급격히 관계가 나빠지기도 하고, 친한 친구 중 한쪽이 좋은 직업을 갖게 되고 다른 한쪽이 취업에 실패하면서 사이가 멀어지기도 한다.

지극했던 애정은 상황에 따라

미움으로, 원망으로, 권태로 변하고 또 변한다.

그렇다. '사람'이 변하는 것이 아니라

'상황'이 변한다는 것을 기억해야 한다.

서로 다툴 수밖에 없는 새로운 국면을 맞이할 때마다 상대의 감정이 바뀐 거라고 생각한다면 이별은 매번 코앞에 찾아와 있을 것이다. 어떤 관계에서도 새로운 상황은 계속해서 펼쳐진다. 예를 들어, 결혼을 한다면 임신, 출산, 양가 간의 관계 조율, 경제적 어려움, 자녀 교육, 사업 실패 등 험난한 상황들이 예고되어 있다.

자신이 몸담은 분야에서 전문가가 되기 위해서는 1만 시간의 훈련이 필요하다는 '1만 시간의 법칙'에 대해 들어본 적 있을 것이다. 하루 세 시간씩 훈련한다고 보면, 1만 시간을 채우는 데는 10년 정도가 소요된다.

나는 이 법칙을 매우 신뢰하는 편인데, 특히 '관계'에도 이 법칙이 그대로 적용된다고 생각한다. 한 사람을 제대로 알고 그와 단단한 관계를 쌓아가기 위해 1만 시간은 투자해야 한다고 보는 것이다. 더구나 그 대상이 '피 한 방울 섞이지 않은 생판 남'에서 '평생을 함께 살아야 할 동반자'가 되는 배우자일 때는 더 말할 필요가 없을 것이다.

그럼 1만 시간 동안 무슨 노력을 기울여야 할까. 먼저, 상대를 알아가기 위해 애써야 한다.

우리는 기술이나 능력을 계발하는 데 들이는 시간은 아깝지 않다고 여기면서, 정작 내가 인생의 동반자로 생각하는 사람을 위해 공부해야 한다는 생각은 잘 하지 못하는 것 같다. 그와의 관계를 아름답게 가꾸어 가려면 그의 성격 유형, 나와 잘 맞고 부딪히는 점, 다툼의 방식, 스트레스 상황에서의 반응, 아픔을 치유하는 방법, 좋아하는 것들, 취향 등 알아야 할 것이 너무나 많다. 그럼에도 우리는 '사람을 공부한다'는 것에 묘한 거부감을 느낀다. 운명적으로 서로를 알아보고 영원을 약속하는 그런 관계가 사랑이라고 믿어서일까. 하지만 그렇게 했다가는 관계가 지속될수록 엄청난 수업료를 지불해야 한다.

다른 사람의 감정을 읽고 상대가 원하는 대답을 아름다

운 언어로 표현하는 능력은 어느 정도 타고나고, 조금은 학습된다. 이런 것을 잘하는 사람은 인기가 많다. 하지만 그런 사람이 아니라고 해서 덜 좋은 사람이라거나 배려 없는 사람이라고 단정해선 안 된다. 마음이 없어서가 아니라 배려의 방식이 달라 마음이 잘 전달되지 않을 때가 굉장히 많아서다.

상처도 마찬가지다. 나는 세상에 상처받지 않는 사람은 없다고 확신한다. 다만 상처가 드러나는 방식이 다 다를 뿐이다. 어떤 사람은 상처를 입으면 이것이 바로 몸으로 나타나 일상생활을 유지하기가 어려워지는 반면, 어떤 사람은 자신이 받은 상처에 방어적으로 대응하며 일상을 깨트리지 않으려고 더 독하게 무언가에 몰두한다. 상처가 드러나는 타이밍도 다 다르다. 어떤 사람은 소송 초반 한두 달 동안 못 먹고 못 자다가 점점 회복되어 소송이 마무리될 때쯤에는 밝고 건강하게 치유되어 있고, 어떤 사람은 남의 일이야기하듯이 무덤덤하다가 소송 종결 직후부터 술에 빠져 자신을 망가뜨리며 수년을 흘려보내기도 한다.

이렇게 배려의 방식, 상처받는 지점, 상처가 겉으로 드러나는 형태, 치유의 방법과 속도 모두가 사람마다 너무 다르다. 그래서 상대를 알기 위해 공부해야 하는 것이다.

감정의 유통 기한을 늘려가기 위한 작은 노력들도 빼놓을 수 없겠다.

"연애할 때는 하루가 멀다하고 '사랑해'란 말을 듣고 살았는데, 결혼하고부터는 한 번도 그 말을 들은 적이 없어요." "가족을 위해 하고 싶은 것, 갖고 싶은 것, 참고 살았어요. 진작 때려치우고 싶던 회사도 여태껏 다니고요. 그렇게 제가 벌어다 준 돈으로 호의호식하면서 정작 저한테는 옷 한 벌 사준 적 없고 '고맙다'는 말 한마디 해준 적 없어요."

이렇게 말하는 분들이 정말 많다.

작은 노력을 멈추면 애정은 어떤 상황이 닥쳤을 때 쉽사리 미움과 혐오로 변질될 수 있다. 당장은 서운함 정도에 머물겠지만, 그런 감정들이 쌓이다 보면 조금이라도 상황이 안 좋게 바뀌는 순간 관계에 치명상을 입히는 것이다.

작은 노력이라는 게, 사실 별것 아니다. "사랑해." "미안해." "고마워." 이 세 마디만 잘해도 예방할 수 있는 인간관계의 불행이 얼마나 많은지 모른다.

상대를 위해, 사랑을 위해 공부를 하라니, 뭘 어디서부터 어떻게 해야 할지 모르겠다고 하는 이들이 있을지 모르겠다. 이들에게 다음의 몇 가지 방법을 권한다.

- 평소와 다른 환경을 상대와 계속해서 만들어보기.
- 문화생활을 함께하고 감상 나누기.
- 성격 유형 검사를 해보고 결과 공유하기.
- 내 섭섭한 감정을 상대가 완전히 수용할 때까지 대화해 보기.
- 내가 무엇이 부족한 사람인지, 이런 의미에서 상대가 내게 어떤 존재인지 표현하기.
- 내 배려 방식을 버리고, 상대의 배려 방식을 적용해 보기.
- 상대와 의견이 충돌할 때 내가 왜 맞는지 설득하는 대신, 우리가 서로 얼마나 다르게 생각하는지 함께 인지하기

이런 노력들을 1만 시간 이상 했다면 어느 순간부터는 자연스레 상대방이 불편하지 않게 내 감정을 전달할 수 있는 기술을 터득하게 될 것이다. 물론 이렇게 노력했어도 끝나고 마는 관계가 아예 없지는 않다. 다만, 충분히 노력한

사람에게는 관계가 끝나더라도 그 이별을 받아들일 마음의 힘이 오롯이 생겨난다. 그 힘이 있어야, 이별 후에도 스스로에게 비난과 자책의 화살을 쏘지 않고 자신을 이해하고 격려할 수 있게 됨은 물론이다.

작은 칭찬의
커다란 힘。

"최유나 변호사님이시죠? 유퀴즈인데요."

작업실에서 〈메리지 레드〉 원고를 쓰고 있다가 전화를 받았다. 헛. 이거 정말 실화? 심장이 요동친다는 게 이런 기분일까. 나는 잠깐 심호흡을 하고, 애써 담담한 척 통화를 이어갔다.

방송 섭외 전화가 처음도 아닌데, 이렇게 내가 흥분했던 이유는 하나였다. 바로 유재석(그의 이름 자체가 '해' '달' 같은 보통 명사가 됐다고 생각해, 일부러 '씨'라는 호칭을 생략했다).

남편이 "당신은 왜 이렇게 롤모델이 많은 거야?"라고 물을 만큼 사람에게서 훌륭함을 발견하길 좋아하는 나는, 유재석을 어린 시절부터 정말 좋아하고 동경했다. 쏟아지는 미담 때문이라거나 그가 차지하고 있는 위치 때문만은 아니었다. 대중의 사랑을 받을 때는 미담이 쏟아지다가도 어떤 문제가 터지면 기다렸다는 듯이 혹평이 따르는 게 유명인의 삶이니까. 게다가 미담에 마냥 가슴 설레기에는 뭐랄까, 내 직업이 그리 호락호락하진 않으니까.

그를 동경했던 이유는 두 가지였다. 하나는 10년 이상의 무명 생활을 버텨낸 의지와 노력이 감동적이라는 것. 다른 하나는 다른 사람을 심하게 깎아내리지 않으면서도 웃음을 주는 모습이 편안하고 호감 간다는 것. 사족을 덧붙이자면, 나와 좀 닮은 외모가 친근하게 느껴지기도 했다(나는 무려 '유재석 닮은 꼴'로 뉴스 기사에 나오기도 했다!).

실제로 만난 그는 어땠을까. 역시 멋졌다. 나에게만 집중하는 토크쇼 형식의 촬영은 처음이어서 무척 긴장하고 있었는데, 촬영 쉬는 시간마다 내가 얼어 있으면 이런저런 말들로 마음을 편안하게 만들어 주었다.

"변호사님 말씀 너무 잘하시는데요?" "오늘 방송 변호사님이 다 살려주시네!" "이 방송 나가고 나면 예능 섭외 엄청

들어오겠어요."

이런 말들을 들으니 조금씩 자신감이 솟아나면서 녹화 후반으로 갈수록 점점 촬영을 즐기는 나 자신을 발견할 수 있었다.

그는 지금까지 얼마나 많은 사람을 만나왔을까. 그렇게 만나온 사람들이 모두 입에 침이 마르도록 그를 찬양(?)하는 이유를 알 수 있었다. 그는 처음 만난 사람도 원래 알던 사람처럼 편안해지도록 만드는 기술을 갖고 있었다. 그 기술은 다름 아닌 '칭찬'이었다.

내가 정말 말을 잘해서 칭찬을 했을까? 글쎄, 양심선언을 하자면 그 정도는 아니었던 것 같다. 그보다는 내가 긴장을 풀고 다음 단계로 잘 넘어갈 수 있게 하려고 칭찬을 건넨 것이겠지. 그 칭찬이 고마워 나는 더 편하고 자연스럽게 이야기하려고 애썼던 것이고, 나 역시 많은 사람을 만나야 하는 직업을 갖고 있다 보니, 그런 부분이 더 눈에 들어왔던 것 같다. 확실히 칭찬은 어색한 사이에서도 마음의 문을 활짝 열어주는 힘이 있다.

입사했을 때만 해도 나는 변호사 사무실이 그 정도로 사람들에게 위압감을 주는 장소인 줄 미처 몰랐다. 그러다 처음 이곳을 찾는 의뢰인들의 바짝 긴장한 표정을 보면서, 여기가 경찰서나 법원만큼이나 들어가기 싫은 곳, 진입 장벽 높은 곳이라는 걸 깨닫게 됐다. 당연했다. 대부분이 안 좋은 일을 겪고 정신적으로 힘들 때 찾게 되는 곳이니까.

'이곳에서는 즐거울 때 나를 찾아오는 사람이 없겠구나.'

이 사실을 또렷이 인지하고 난 후, 나는 나를 찾아오는 이들을 대하는 방식을 좀 바꿔야겠다고 생각했다. 바로, 작은 칭찬으로 상담을 시작하기로 한 것이다.

잘잘못을 떠나 가정을 책임지지 못했다는 죄책감에 휩싸인 채 내 눈치까지 살피며 사무실에 들어오는 사람들. 이들은 유료 서비스를 받는 고객의 표정이 아니라, 잘못을 저지르고 교무실에 들어오는 학생의 표정을 하고 있을 때가 더 많다. 이런 표정을 풀어줄 수 있는 것이 바로 칭찬 한 마디다.

"진술서를 보니 결혼 생활을 30년 하셨다고 되어 있던데, 얼굴 뵙고 너무 젊으셔서 깜짝 놀랐어요." "아이들이 가

사조사에서 이렇게 엄마(또는 아빠)랑 살고 싶다고 하는 거 보니, 아이들에게 정말 훌륭한 부모셨나 봐요." "오늘은 저번에 오셨을 때보다 한결 편안해 보이세요."

이런 말을 들은 의뢰인들은 대부분 표정을 풀며 "아유, 아니에요." 혹은 "감사합니다"라고 수줍게 첫마디를 꺼낸다. 그 첫마디는 굳게 닫힌 마음 문의 빗장이 열리기 시작했다는 신호다. 그러면 나는 조심스레 다음 이야기를 건넨다.

"그동안 많이 힘드셨죠. 너무 걱정 마세요. 제가 최선을 다해 도와드릴게요."

작은 칭찬에 이은 작은 위로. 이것만으로도 의뢰인과 나의 사이는 성큼 좁혀진다. 이제 나는 법률적인 이야기와 무관한 이런 몇 마디가, 상담의 질을 확실히 끌어올려 준다는 것을 잘 안다.

초보 변호사일 때는 돈을 내고 오는 의뢰인들에게 그에 걸맞은 말, 딱 필요한 조언만 해주는 것이 그들을 위한 일이라고 생각했다. 그러나 시간이 흐를수록, 의뢰인-대리인으로 맺어지는 관계라 할지라도 인간적인 유대감 없이는 제대로 이어지기 힘들다는 것을 느낀다. 단기적인 관계도 이런데, 하물며 보통의 관계에서는 얼마나 더 끈끈한 감정적 교류가 필요할까.

부하직원이 며칠간 밤을 새워 열심히 작성한 보고서를 받았다. 쭉 읽어보니 아직은 엉성하다. 이럴 때.

"여기 32페이지 네 번째 줄, 이 얘기. 현실성이 있어?"

"김 대리는 항상 보고서 표지를 기가 막히게 만들더라. 비결이 뭐야?"

이 둘 중 어떤 이야기를 첫 마디로 듣고 싶은가? 처음부터 잘못을 지적받는 게 낫다고 말하는 사람도 있겠지만, 실제로는 전혀 그렇지 않다.

적어도 대화의 말문은 '정확한 말'보다

'칭찬의 말'로 틔우는 게 훨씬 낫다.

'정확한 말'로 포장된 '비판의 말'은

듣는 사람을 위축되게 만들 뿐이다.

한쪽이 위축된 상태에서는 대화가 활발히 이루어질 리 없고 말이다.

물론, 칭찬이 좋다고 해서 정작 전달해야 할 말은 제대로 꺼내지도 못하고 칭찬만 하는 사람들도 있다. 보통, 남에게 싫은 소리를 제대로 못 하는 이들이 이런 실수를 많이 저지르는데, 이건 이것대로 문제가 있다. 중요한 것은, 어느 정도 서로 유대감을 쌓는 말을 하고 나서 비판이든 조언이든 핵심적인 용건을 꺼내야 그것이 더 잘 전달될 수 있다는 점이다. 마음의 문이 열려야 그다음 이야기도 상대방의 귀에 쏙쏙 들어가는 것 아닐까. 처음부터 실수나 잘못한 점부터 지적을 받으면 상대방은 기분이 상하고, 그런 상한 기분으로는 이어지는 이야기에 귀 기울이기 힘든 법이다. 그러니, 칭찬의 말로 대화의 첫걸음을 떼는 것은 일종의 좋은 '전략'이기도 한 것이다.

유재석을 닮았다는 기사가 올라오자, 지인들에게 문자 메시지가 쏟아졌다.

"유나야 괜찮아?" "너 기분 안 나빠?"

웬걸, 너무 괜찮다. 너무 좋다. 유재석이 남에게 웃음을 주기 위해 자신의 외모를 깎아내리며 '못생김' 캐릭터를 연기하는 사람이다 보니 그러는 것 같은데, 내가 실제로 본 그는 잘생겼으니까. 그리고 외모와 상관없이, 그는 처음 본 사람도 기분 좋은 칭찬으로 자기 편을 만들 줄 아는 영리한 전략가이자 마음 따뜻한 사람이니까.

나도 그처럼, 처음 보는 사람에게도 기억에 남을 칭찬을 건네며 마음을 훈훈하게 데워주는 사람이 되고 싶다.

노력의
바통 터치。

긴 여름 끝, 반가운 바람이 불던 9월의 어느 날 나는 여느 때처럼 태블릿 PC를 열고 상담을 준비하고 있었다. 상담실에 30대 여자 의뢰인이 들어왔다. 의뢰인은 무슨 잘못이라도 저지른 듯이 내 눈을 잘 마주치지 못하며 불안해했다.

'배우자가 큰 잘못을 저질렀는데도 배우자를 붙잡고 싶어 하시는구나.'

이런 예감이 들었다. 신기하게도 진짜 잘못을 저지르고 나를 찾아오는 사람은 저런 표정을 짓지 않는다.

나를 찾아오는 사람들 중에는 이별하고 싶은 게 아니라, 배우자가 잘못을 하긴 했으나 가정은 유지하고 싶어 하는 이들이 종종 있다. 이들은 대체로 이혼을 결심하지 않은 것이 내게 미안한 일이라도 되는 양 내 눈치를 본다. 이혼하지도 않을 건데 변호사의 시간을 빼앗아도 되는 걸까, 하는 눈빛으로 미안해한다(법률 상담은 유료인데, 참). 건강 진단을 받으러 가면서 의사의 눈치를 볼 필요가 있을까. 내가 평소에도 이혼 변호사란 '이혼을 돕기도 막기도 하는 사람'이라고 줄기차게 말하고 다니는 것도 이런 이유에서다.

역시나 의뢰인이 꺼낸 첫마디는 "저, 이혼하러 온 건 아니고요"였다.

"네, 저 만난다고 무조건 이혼하시고 그러지 않아요. 편하게 앉으세요."

내 말에, 의뢰인은 정말 몇 달 만에 짓는 듯한 어색한 미소를 보였다.

"……남편이 바람을 피웠어요. 그 전까지 좋은 남편이었고, 애들한테도 훌륭한 아빠였어요. 그래서 너무너무 고통스럽지만 이번 한 번만 참고 넘어가기로 했어요."

"많이 힘드셨겠어요. 제가 어떻게 도와드리면 될까요?"

"남편이…… 다시는 이런 행동을 하지 않게 하려면 어떡

해야 하는지, 예방하는 방법이 있을지 알고 싶어요. 아니면 지금이라도 제가 용서하려는 마음을 접고, 이혼하는 게 맞는 걸까요?"

의뢰인은 또, 자신이 어떤 노력을 해야 이 상황을 빠르게 흘려보낼 수 있느냐고도 물었다.

이 일을 하기 전의 나였다면, '배우자가 외도를 했는데도 본인이 노력할 부분을 찾는다니, 세상에 이렇게 자존감 낮은 사람이 또 있을까' 하고 생각했을지도 모르겠다. 하지만 지금은 다르다. 인생을 포기하고 싶을 만큼 힘겨운 상황에서도 자신이 무엇을 더 할 수 있을지 고민하는 의뢰인의 굳센 의지를 보며, 나는 그가 결혼 생활 내내 관계를 위해 많이 인내하고 부단히 노력해 온 사람이라고 느꼈다.

"결혼 생활 동안 최선을 다해 악착같이 사셨죠?"

내 말에 의뢰인은 애써 참았던 눈물을 펑펑 쏟아내기 시작했다. 휴지를 건네고 어느 정도 눈물이 잦아들 때까지 기다리다가 나는 조심스레, 하지만 냉정하게 다음 질문을 던졌다.

"혹시 절 찾아오신 이유가, 배우자분이 바람피운 걸 한

번만 용서해 주면 다신 그런 일 없을 거라고, 이번 일로 두 분 관계가 지금보다 더 좋아질 테니 힘내라고 하는 말을 듣고 싶으셔서인가요?"

"……희망적인 대답을 듣고 싶었던 건 맞는 것 같아요. 현실은 꼭 그렇진 않겠죠?"

불안한 눈빛으로 내 대답을 기다리는 의뢰인에게, 정말 희망적인 이야기를 들려드리고 싶었다. 하지만 거짓말을 할 수는 없는 노릇. 아파하는 사람에게는 막연한 위로를 건네는 것보다 내가 본 현실을 그대로 전달해 주는 것이 결과적으로 그 사람을 덜 아프게 하는 방법임을 아는 나였다.

"제게 찾아오는 분들을 살펴보면 외도를 한 번 용서받고 나서 다시 반복하는 경우가 너무 많죠."

그때부터는 우리의 대화가 더는 법률 상담이 아니란 걸, 의뢰인과 나 모두 알고 있었다.

"배우자의 바람을 예방하는 방법을 물으셨죠. 그런 건 없어요. 내가 뭘 잘못해서 배우자가 바람피우는 게 아니니까요. 컨트롤할 수 있는 게 아니라는 거죠. 그리고 '배우자

의 바람을 막을 수 있는 예방책이 있다'라는 전제까지 생각
하는 지경이라면, 제대로 된 부부 관계라고 보기 어렵지 않
을까요."

나는 크게 한숨을 쉬었다. 목구멍이 심하게 까끌거렸다.

"용서하는 마음을 세상 그 누구도 비난할 수는 없어요.
상대가 저지른 잘못이 남들 보기에 그리 큰 게 아니라고 해
서, 내가 그 잘못을 꼭 이해해 줘야 하는 건 아니잖아요. 그
잘못 때문에 이별을 선택한다고, 내가 비난받을 이유는 없
는 거죠. 반대의 경우도 마찬가지 아닐까요. 상대의 잘못이
남들 기준이나 법적 기준으로 따지면 큰 것이라고 해도, 내
가 용서하고 싶으면 하는 거예요. 부부 사이의 일에 대해
제삼자가 맞다, 틀리다, 결론을 내려선 안 되는 거잖아요."

의뢰인은 가끔씩 고개를 끄덕이며 내 말을 조용히 경청
했다. 이야기를 들으며 자신의 입장을 차분히 정리하고 있
는 것 같았다.

"다만, 딱 한 가지 드리고 싶은 말씀이 있어요. 조심스럽
지만… 지금부터는 두 분의 관계를 유지하기 위한 노력의
바통을 배우자분께 건네시는 게 어떨까요. 잘못은 상대가

했는데 왜 내가 그 상황을 이해하고 해결하려고 해야 하나요. 상대가 책임지도록 한번 둬보세요. 다시 신뢰를 얻고 진정한 용서를 구하는 건 배우자분의 역할이고 책임이잖아요. 용서하려는 마음을 어렵게 가지셨다면, 나머지 노력은 더 하지 말고 멈추세요. 본인 스스로 다시 정성껏 구해낸 관계여야지 배우자분도 앞으로 책임감을 가지고 행동하실 거예요."

어쩌면 의뢰인은 내게, 상대를 용서하기로 했으면 최선을 다해 믿어보라거나, 바람피운 사람을 용서했다가 더 큰 상처를 받으면 어떻게 할 거냐 같은 이야기를 기대했을지도 모르겠다. 그러나 관계의 문제는 꼭 한 사람의 일방적이고 악착같은 노력만으로 해결할 수 없음을 너무나 많은 이들을 보며 학습해 왔기에, 나는 노력의 바통을 넘기라는 말을 하지 않을 수 없었다. 노력의 바통 터치가 균형적으로, 리듬감 있게 이루어질 때 관계란 한 단계 더 성숙해지는 법이다.

그 의뢰인은 그러고 나서 다시 나를 찾지 않았다. 그가 결국 이별을 선택했을지 용서를 선택했을지는 알 수도 없고, 별로 궁금하지도 않다. 그저 지금쯤은 불안이 걷힌 눈빛으로 일상을 즐겁고 힘차게 살아가기만을 바란다.

관계는 항상 더 인내하는 사람에 의해 유지된다.
친구, 연인, 부부 사이 모두가 그렇다.

나에게 찾아오는 분들 중에는 더 인내하는 쪽이었다가 지쳐서 백기를 들고 모든 것을 내려놓는 분들이 정말 많다. 내가 원하는 것, 맞춰달라고 한 것을 상대가 주지 않고, 지키지 않았다며 그동안 많이 인내했다고 이야기하는 사람 말고, 상대에게 즐거움과 행복을 주고 싶어서 괴로움을 참아가면서까지 자기 것을 내주며 견뎌온 사람들 말이다.

"저 하나 참으면 다 될 줄 알았어요."

이분들이 한결같이 하는 이야기이다. 둘 중 하나가 기를 쓰고 참으면 외형적인 관계는 유지될지도 모른다. 그렇지만 그 관계는 속부터 썩어가며 조금만 외부에서 충격이 가해져도 부서져버린다. 한 사람의 인내로 유지되는 관계는, 얼마든지 한 사람의 결심으로 무너질 수 있다. 특히 배우자가 여러 차례 외도를 저지르고 폭언·폭행을 이어온 경우 의뢰인은 더 참을 수 없어 법정까지 가게 되는 것인데, 이때 정작 잘못을 저지른 배우자는 '평소에 하던 대로' 했을 뿐인데 왜 이혼을 하자는 거냐며 의아하다는 표정으로 피고석에 서 있기도 한다.

부부 사이에서만 일어나는 일이 아니다. 항상 혼자서만 데이트 비용을 부담해 왔는데 정작 자기 생일에 작은 선물 한 번 받아보지 못한 연인에게, 상대방이 힘들 때마다 달려가 위로해 줬는데 정작 내게 괴로운 일이 생겼을 때 한마디도 들어주지 않는 친구에게, 우리는 참을 수 없는 서운함을 느낀다. 왜 이렇게 노력의 저울이 한쪽으로 기울어지는 것인지, 이 관계가 어디서부터 잘못된 것인지, 모든 것이 회의적이기만 하다.

이런 이야기를 듣고 머릿속에 스치는 누군가가 있다면, 그를 위해 아끼지 않았던 배려와 인내를 멈춰보는 게 어떨까. 상대방이 내 배려와 인내에 보답하지 않았다고 하여 그를 추궁할 필요는 없다. 보상을 바라고 했던 배려는 아니니까. 그러나 내 인내가 한도를 초과하고 있다는 경고 신호가

울리는 순간, 우리는 나 자신을 위해 그만 참아야 한다. 혼자서만 데이트 비용을 부담하는 것이 당연해졌다면 당분간 상대를 만나지 않는 용기가 필요하고, 자신의 힘든 이야기만 쏟아놓는 친구에게 지쳤다면 감정 쓰레기통 역할을 잠시 멈추고 내 일상에 충실해야 하는 것이다.

배려와 노력을 멈추는 용기는 상대방을 변화시키려는 노력보다 나 자신을 먼저 변화시키려는 노력이기에, 더 건강하고 희망적이다. 좀 더 나 자신에게 집중하고, 이제 노력의 바통은 상대에게 넘겨야 할 때다.

공감은 참 어렵고
참 쉽다.

"저 사람은 공감 능력이 너무 떨어져."

이런 말을 심심찮게 듣는다. 그러고 보면 어느 때부턴가 '공감'이 인간이라면 당연히 갖춰야 할 덕목으로 받아들여지기 시작한 것 같다. 나 역시 특히나 공감을 잘 해야만 하는 직업을 갖고 있다 보니, 아주 오래전부터 '공감을 잘 한다는 게 어떤 걸까' 고민하는 일이 잦았다. 그리고 시간이 지나고 경험이 쌓이면서 공감에 대한 생각을 여러 번 덧칠하게 됐다.

사회 초년생 시절에는 공감이란 그저 '상대방의 말이 맞다고 해주는 것'이라 생각했다. 그래서 "글쎄, 남자친구가 내 앞에서 욕을 하는 거 있지? 너무 화가 나서 난 더 심한 욕을 해줬지"라는 친구의 말에 단 1초도 고민하지 않고 "어휴, 잘했네. 눈에는 눈, 이에는 이지!"라고 맞장구를 쳐주곤 했다. 이렇게 상대방의 말과 행동에 가족처럼 편을 들어주는 나야말로 공감을 잘하는 사람이라 확신하면서.

시간이 흘러 결혼을 하고 가정을 이루고 아이 둘을 낳았다. 물론 이혼 사건도 숱하게 맡았다. 그러면서 가정에 대한 가치관이 더욱 선명해졌고 나와 다른 생각을 가진 사람, 아니 내가 보기에 잘못된 생각을 하고 있는 사람을 만나는 것이 점점 곤혹스러워졌다.

"2년 살아보니까 솔직히 그 사람에게 더는 설레지 않고 싫증만 나요. 이제 다른 사람을 만나고 싶어요. 이혼하게 해주세요."

이런 말을 들을 때면 마음속에서 거대한 분노가 끓어오르는 것이 느껴졌다.

'상대방은 당신에게 싫증 나지 않았을까요? 더는 설레지 않아서 하는 이혼이라니, 이런 이혼 사유를 나중에 당신 믿고 세상에 태어난 아이에게 설명할 수 있나요?'

의뢰인에게 이렇게 말할 수는 없었지만⋯ 이야기를 듣다가 욱 욱 치밀어 오르는 순간들이 분명히 있었음을, 부끄럽지만 이 자리에서 고백한다.

직장 생활을 하는 분들이라고 나와 다를까. 아마 정말 반박하고 싶은 이야기를 수긍하는 척 들어야 하는 순간들이 적지 않을 것이라 짐작한다.

'나를 찾아오는 사람들은 강의를 들으러 오는 것도, 인생 조언을 얻기 위해 오는 것도, 본인 행동의 잘잘못을 물으러 오는 것도 아닌데⋯⋯. 그저 이혼을 결정하고 법률 대리인을 찾으려는 것뿐인데, 내가 내 의견을 어디까지 전달하는 것이 맞을까?'

이런 생각을 하며 마음이 혼란스러워지는 일들이 잦아졌다. 그렇다 보니, 어느 순간 분노가 표출되어 의뢰인의 기분을 상하게 하는 일도 생겼고, 나란 사람은 감정도 가치관도 없는 그저 '법조인'에 불과하다는 듯이 싱긋 웃으며 고개를 끄덕이고 공감하는 척 연기하는 일도 생겼다. 시간이 지날수록 매 순간 내 입에서 나가는 말을 잘 골라내는 데 익숙해져 갔다. 세상에 나와 다른 생각을 가진 사람이 수백만, 수천만인데 나와 마음 맞는 사람만 골라 일할 수 있는 것도 아니었고, 그렇게 하는 것이 법조인의 윤리에도 어긋난다는 사실을 다시금 곱씹게 되었던 것이다.

공감이란 그저 끝까지 들어주고,
"그랬겠구나" 하고 말해주는 것.

이 정도면 족하다는 것을 이제 나는 잘 안다. 너무 간단하다고? 이 간단한 것이 얼마나 어려운 것인지, 친구와 배우자, 부모, 자녀 사이에 벌어지는 다툼을 보면 잘 알 수 있다. 처음 보는 사람의 이야기를 끝까지 듣는 것은 마음만 먹으면 충분히 할 수 있는 일이다. 하지만 내가 기울인 노력과 애정이 큰 상대일수록 그의 이야기를 잘 들어주기란 쉬운 일이 아니다. 상대의 말이 끝나기도 전에 반박할 내용, 해결 방안이 떠오르다 보니, 말을 자르고 내 생각부터 전달하고 싶어진다. 상대가 왜 그런 말을 하게 되었는지 그 이유를 꺼내기도 전에 입을 막아버리는 경우가 대부분이다.

나의 남편도 좀 이런 스타일이었다. 내 남편은 고민을

던지면 해결책부터 제시하려고 한다. 전형적으로 '이성적 사고'를 하는 사람이다. 그래서인지 남편과의 대화는 언제나 이런 식으로 흘러갔다.

퇴근하고 온몸이 파김치가 되어 퇴근한 날, 남편에게 투정을 부린다.

"나 오늘 일이 너무 많았어."

그럼 남편은 또렷한 발음으로 이렇게 말한다.

"그래? 그럼 다음 달부터 휴직하고 좀 쉬어."

이 정도는 양반이다. 어떨 때는 "나 오늘 청소 두 시간이나 했어"라고 말하면 "그래? 그럼 다음 주부터 청소 어플을 이용해 봐"라고 하기도 한다.

물론 나를 위해 하는 말들이라는 것은 안다. 이런 말조차 하지 않는 사람이 많다는 것을 생각하면 고맙기도 하다. 그러나 남편과 대화를 나누고 나면 언제부턴가 '이게 아닌데…' 하는 마음이 남았고, 나중에는 어떤 말을 꺼내려다가도 그냥 삼키는 일이 생겼다. 괜히 이야기했다가 안 그래도 신경 쓸 일이 많은 사람한테 해결해 달라고 징징대는 것으로 비치는 건 아닐까 싶어 부담스러웠다.

나는 어땠을까. 문득, 내 행동을 돌아보게 됐다. 의뢰인이 그저 공감을 기대하고 하는 말에, 내가 단정적으로 결론을 내리려 했던 순간들이 떠올랐다. "변호사님, 저 잘되겠죠?"라는 말에 "너무 걱정하지 마세요, 잘될 거예요"라고 말하면 됐을 것을, 괜한 책임감과 부담감에 "결과에 대해서는 미리 말씀드릴 수 없습니다. 소송 진행 상황 보면서 또 미팅 잡고 설명해 드리겠습니다"라고 딱딱하게 말해왔던 일들. 그렇게 말할 때 나를 바라보는 의뢰인의 눈빛에는 내가 남편을 바라보며 느낀 '이게 아닌데…' 하는 감정이 고스란히 담겨 있었다.

나는 고민 끝에 남편에게 내 마음을 털어놓았다.

"나를 편하게 해주고 싶은 마음은 고맙고 잘 알겠는데, 내가 그렇게 말할 때는 그냥 '일 많았어? 힘들었겠다' '청소 두 시간이나 했어? 어쩐지 깨끗하더라'라고 말해주면 돼. 그 말 외에 더는 아무것도 필요 없어."

공대 출신 남편은 이제 내가 투정을 부릴 때마다 기계처럼 '그랬구나' 하며 입력값을 출력한다. 맞춰주려는 게 참

고맙다. 나 또한 남편이 고민을 이야기하면 남편 방식대로 원래의 나보다 이성적인 대답을 해주려고 노력한다. 공감은 참 어렵고, 참 쉽다.

일상인 최유나는 이런 공감을 하는 정도로 살아가려 한다. 그런데 변호사 최유나는? 공감만 하는 데 그칠 순 없으므로, 나름대로 '공감 먼저, 조언이나 해결책 나중'이라는 기준을 세워놓고 움직인다. 이제 "싫증 나서 이혼하려고요"라는 말을 들어도 더는 진심 없는 가식적인 끄덕임이나, 나도 모르게 새어 나오는 분노는 없다. 대신 담담히 이렇게 말한다.

"그러시군요. 저를 찾으시는 많은 분들이 그런 이유로 이혼을 원하세요. 사람이니까 그런 생각이 들 수 있어요. 그래도 막상 헤어지고 나면, 비었던 설렘의 자리에 새로운 설렘이 아니라 놓친 것에 대한 그리움이 자리한다고 하시더라고요. 후회하는 분이 정말 많아요."

'당신의 마음에 어느 정도 공감하긴 하지만, 당신의 결정에 재고가 필요할 수도 있다고 본다'는 메시지를 조심스레 전달한다. 이때 '결정에 재고가 필요할 수도 있다'는 이야기를 하기 위해, 내 생각을 직설적으로 표현하기보다 그동안 보아온 여러 사람들의 상황을 감안했을 때 그렇다는 식으로, 간접적으로 표현한다. 상대에게 듣기 불편한 이야기를 해야 할 때 사용하기 좋은 대화의 팁이다.

어쨌든, 이 정도가 내 역할이다. 그럼에도 이혼하기로 결정한다면 그것은 내가 말릴 수 있는 범위를 넘어서는 것이니 어쩔 수 없다. 내 일에 대해 이런 기준을 세우기까지 거의 10년이 걸렸다. 앞으로 더 많은 경험이 쌓이고 생각이 자라게 되면 또 다른 기준을 만들어가게 되겠지.

내가 소중했던 친구를
잃게 된 이유。

고백하건대, 나는 30대 중반까지 '포커페이스' 하나는 자신 있었다. 아무리 화가 나도 티를 내지 않고, 힘들어도 즐거운 척할 수 있었다. 또 마음만 먹으면, 내가 별로 관심 없는 사람조차 '쟤변이 나를 좋아하는구나'라고 느끼게 만들 수 있었다. 이것도 능력이려니, 사회생활을 해나가는 데 꽤 유용한 기술이려니 생각했다.

그러다 30대 중반 이후, 포커페이스 능력을 더는 계발하지 않기로 마음먹게 된 몇 가지 계기가 있었다. 그중 하나가 육아였고, 다른 하나가 친구와의 관계 실패였다.

먼저 육아. 새벽 두세 시까지 계속되던 아이의 짜증에

나도 힘들었지만 그래도 아이한테 좋지 않을까 봐, 워킹 맘이니까 같이 있는 시간이라도 더 즐겁게 해주고 싶어서, 꾹 참고 웃어주던 버릇이 어느새 내 안에 '화'를 심었다. 그 화가 무럭무럭 자라나 더는 견디기 힘들다고 느껴질 무렵, 나는 아이 앞에서 포커페이스를 유지하려 애쓰지 않기로 다짐했다.

아이에게 솔직한 감정을 표현하기 시작하니 아이는 내 감정을 조금씩 이해하게 되었다. 떼를 쓰는 강도를 높여 내게 관심받고 싶어 했던 아이가 시간이 흐르면서 엄마라는 사람과의 관계를 잘 만들어나가려 나름의 애를 쓰는 것이 보였다. 아이에게 그저 행복한 미소만 보내는 것이 아이의 인격 형성을 방해할 수도 있다는 것을 깨닫게 되었던 순간이었다.

다음으로 친구와의 문제. 친한 친구 B와 F가 있었다. 나는 그 둘을 너무 좋아한 나머지, 그 친구들에게 항상 웃어주려고 했다. 가끔 힘든 일이 있을 때에도 티내지 않으려고 끙끙대며 내 감정을 자꾸만 숨겼다. 이렇게 너무 참다 보니

억눌렀던 감정이 한 번에 터져 나왔다.

B는 20대 중반쯤 사회생활을 막 시작하면서 나에게 종종 짜증을 부렸다. 친구라기보다는 가족에 가까운, 자매 같은 사이였기 때문에 그랬던 것 같다. 그런데 어느 날부턴가 이유도 설명해 주지 않고 기분에 따라 자꾸만 신경질을 내는 B가 견디기 어려워졌다. 나도 그때 막 사회생활을 시작한 상황이었던 데다 종일 남의 말을 듣는 일을 하다 보니, 스트레스를 스스로 잘 관리했어야 했는데 그러질 못했다. 미숙했던 거다. 어느 날 B가 또 신경질을 부리며 이야기를 하는데, 더 들었다가는 머리가 터질 것만 같았다. 그래서 정말 서툴게, 성급하게 그 관계를 정리해 버렸다. 지금 와 생각하면, 우리 둘 다 서로를 참 좋아했는데… 너무 어렸다.

또 다른 친구 F. 그는 20년 가까이 내가 가장 좋아하는 친구 중 한 명이었다. 나는 F를 만나면 슈퍼우먼 행세를 했다. 그에게 밥을 사주고, 고민을 들어주고, 응원을 해주고. 내 고민은 잘 드러내지 않은 채 매번 멋진 척하고 돌아섰다. 항상 나를 대단하게 여겨주는 친구가 고마워서 더 대단해 보이려고 노력했던 것이다.

그런 시간이 차곡차곡 쌓여갈수록 '언젠가 내게 안 좋은 일이 생긴다면 그때도 내가 F에게 지금처럼 좋은 친구가 되어줄 수 있을까?' 하는 생각이 드는 순간이 찾아왔다. 일종의 피해의식이랄까. 그럴수록 나는 점점 더 멋있는 사람인 척, F의 정서적 울타리 같은 역할을 자처했다

나를 믿고 여러모로 의지하는 F에게 고마움을 느끼는 순간이 훨씬 더 많았지만, 심적인 여유가 별로 없는 날이면 나도 모르게 스멀스멀 괜한 화가 피어오르기도 했다. 몇 번 그런 일이 반복되고 나니 문득 이런 생각이 들었다.

'내가 평생 F의 친구로 남을 수 있을까.'

몸과 마음이 지칠 대로 지쳐버린 어느 날, 나는 그렇게 좋아하던 20년지기와의 관계를 스스로 끊어내고 말았다.

시간이 한참 흐른 지금, 두 친구를 생각해 본다.

B는 사회 초년생으로 힘든 일을 겪으며 내게 이런저런 감정을 공유하고 싶었을 텐데, 나 역시 너무 여유가 없었다. B와 결별했던 그때, 나는 아버지를 하늘로 떠나보내고 첫 회사에 취업해 적응하느라 정신이 없었으니까. 내가 그때

마음을 열고 왜 내게 자꾸 짜증을 내는 거냐고 화라도 내면서 B와 대화를 시도했다면 어땠을까. B와 싸우고 울고 각자 자기 심정을 솔직히 주고받으며, 더 단단한 관계로 나아갈 수 있지 않았을까. 요새 들어, 그런 생각을 참 많이 한다.

F도 마찬가지다. F는 나와 내면이 정말 닮은 친구였다. 그래서 항상 서로를 좋아했고 조심스럽게 대했다. 내가 F를 응원하는 마음은 앞으로도 평생 계속될 것이다. 그 정도로 소중한 관계를 내가 직접 정리한 것에 대해 난 아직도 큰 책임감과 부끄러움을 느낀다. 나는 그 친구에게 힘이 되어주고 싶다고만 생각하면서, 어린아이 같은 욕심으로 나도 모르게 우리 관계를 조금씩 망쳐갔던 것이다.

B와도 F와도 평생 발전적인 관계로 나아가길 바랐다면, 나는 그저 그들의 감정을 상하지 않게 하는 데 급급해서는 안 됐다. 포커페이스를 한 채 내 마음을 숨겨서는 안 됐다.

이제는 안다. 포커페이스는 참 위험한 능력이다. 물론 지금도 표정에 감정을 다 드러내진 않지만, 이제 나는 예전만큼 적극적으로 감정을 숨기려 들지 않는다. 상처 주기 싫어서, 관계를 망치고 싶지 않아서 했던 나름의 노력들이 결국은 원치 않는 이별로 이어졌으니까. 그리고 그 이별 탓에 아직도 깊은 자책감을 느끼고 있으니까.

혹시라도 이 글을 읽어줄지 모를 친구들아.

늦었지만, 미안했어.

후일담: 이 책 원고를 탈고한 후, 나는 F와 화해했다. 우리는 건강한 대화를 나누며, 앞으로 평생 포커페이스 따위 필요 없는 친구 사이로 남자고 약속했다.

나와 평생
갈 수 있는 사람일까.

나와 비슷한 사람과 결혼해야 잘산다. vs. 성격이 비슷하면 부딪치는 일이 많아 함께 살기 어렵다.

20대 내내 친구들과 이야기할 때마다 팽팽하게 편이 갈렸던 이슈였다. 대체로 모든 문제에 대해 정답을 찾으려고 했던 그 시절에는 어떤 쪽이 맞을까 항상 궁금했었다. 그래서 만나는 사람들을 붙잡고 틈틈이 물어보기도 했고, 책을 읽으며 답을 구하려고도 했다.

지금 와서 생각해 보면 참 헛수고였구나 싶다. 20대의 나는 내 성격, 가치관, 취향에 대해 잘 알지 못했으니까. 그러니, 상대와 내가 어떤 점이 다르고 어떤 점이 비슷한지 알 턱이 없었다.

"변호사님이 보시기에, 비슷한 사람들끼리 결혼해야 잘
사나요, 아니면 정반대인 사람들끼리 결혼해야 잘사나요?"

시간이 흘러, 나는 어느덧 경력 10여 년의 이혼 전문 변
호사가 되었다. 그래서인지 유독 나를 보면 이렇게 물어보
는 사람들이 많다. 따로 조사해 본 적은 없지만, 그간 싸우
고 헤어지는 이들만 수천 커플은 보아왔으니 경험적으로
대답할 수는 있지 않을까.

그런데, 기억을 더듬어보니 그간 지켜본 커플들은 모두
다른 이야기를 했었던 것 같다. 오전 의뢰인이 "남편과 저
는 하나부터 열까지 비슷한 점이 전혀 없어요. 그렇다 보니
함께할 수 있는 게 하나도 없더라고요. 어쩔 수 없이 이혼
을 결심했죠"라고 하면, 오후 의뢰인은 "그 사람과 저는 둘
다 밖에 나가서 노는 것을 좋아해서 육아를 서로에게 떠밀
어요. 한 사람이라도 집에 있는 걸 좋아해야 부부가 잘살
수 있는 것 같아요"라고 말하는 식. 하루에 열 명을 만나면
열 명이 다 다르게 이야기한다.

혼란스러웠다. 서로 비슷하면 비슷해서, 서로 다르면 달라서 헤어진다고 하니, 과연 정답은 뭘까.

당연하게도, 부부의 성격이 서로 비슷한지 다른지는 관계를 이어나가는 데 큰 영향을 주지 않는다. 사람은 입장과 상황 그리고 맡은 역할에 따라 너무나 다른 사람이 되기도 하기 때문이다.

나 자신만 해도 그렇다. 스무 살의 최유나와 서른 살의 최유나, 마흔을 목전에 둔 지금의 최유나는 서로 너무나 다르다. 단순히 나이를 먹어서가 아니라 그사이 내게 벌어진 몇 가지 일들과 상황이 내 가치관을 많이 변화시킨 까닭에서다. 특히, 아버지와의 이별, 출산·육아 경험, 이혼 변호사로서의 일 등이 나를 많이 달라지게 만든 요인이었다.

살면서 내게 어떤 사건이 들이닥칠 때마다 나는 무언가를 깨우치며 조금씩, 때로는 엄청나게 달라졌다고 느낀다. 그 사실을 알아차린 순간, '사람은 안 변해. 나도 변하기 힘들 거야. 그러니까 나랑 맞는 사람을 찾아서 그 사람하고만 관계를 이어가야지'라고 생각했던 나 자신이 무척 어리석게 여겨졌다.

물론 나의 근본적인 성향이나 본질적인 어떤 면은 변하지 않을 수 있다. 그렇지만 최소한 다음의 것들은 시간이 흘러가면서 얼마든지 바뀔 수 있다는 것을, 이제는 안다.

- 말하는 방식
- 좋아하는 것들
- 고통을 이겨내는 방법
- 사람을 대하는 태도
- 현재의 관심사

이것들은 상황에 따라 변화할 수 있는 것인데, 사람들은 상대방이 어떤 사람인지 판단할 때 이런 요소를 중점적으로 보게 된다. 그러고 보면, 사람들이 보기에 나는 예전에 비해 꽤 달라졌을 것이란 생각이 든다.

이런 점을 깨달은 이후로, 나는 누군가와 관계를 맺게 될 때 이 사람이 나와 얼마나 비슷한지 혹은 다른지를 보려고 하지 않는다. 사실, 내가 아무리 노력한다고 해서 짧은 시간 안에 상대와 나의 차이를 알게 되는 것도 아니긴 하고.

'성격, 가치관, 취향에서 발견되는 차이'를 살피는 게 의미 없다면, 무엇을 봐야 할까?

바로, 그런 차이를 받아들이는 자세와 관계에 대한 존중의 태도다. 어떤 사이에서든 마찬가지다. 서로의 다른 부분을 있는 그대로 인정하고 관계를 소중히 여기는 사람이라면 친구여도, 동료여도, 배우자여도 좋지 않을까.

지금 내 옆에 있는 사람이 나와 너무 달라 공유할 게 없다고 느껴진다면 그 사람을 이런 관점에서 다시 한번 들여다보길 바란다. 그와 내가 달라서 발생하는 당장의 어려움보다는 앞으로 펼쳐질 내 인생의 숱한 사건을 함께 겪을 때 혹은 그 사건들을 지켜볼 때 그가 보일 태도를, 긴 안목으로 생각해 보자는 이야기이다. 그때 비로소, 상대가 나와 평생 갈 수 있는 사람인지 아닌지 어렴풋이 정답이 보일 것이다.

너만
그런 것이 아니야。

말했듯이, 나는 사람의 성격이나 취향보다는 처한 환경과 상황을 믿는 편이다. 직업상 인생에서 큰 역경을 맞닥뜨린 이들을 자주 만나게 되고, 이들이 그런 역경을 겪으며 어떻게 변화하는지 여러 번 목격해 왔기 때문이다.

그런 일생일대의 순간에 서 있는 이들에게는 이 고비만 잘 넘기면 괜찮아질 거라고, 분명 훨씬 좋은 방향으로 변화할 수 있을 거라고 말해드리고 싶다. 단 한 마디라도 상대의 마음에 가닿을 수 있는 따뜻한 위로의 말을 건넬 수만 있다면 좋겠다. 적절한 위로의 말이 한 사람의 인생에 얼마나 위대한 영향을 미치는지 여러 번 목격해 왔던 터.

물론 이는 절대로 쉬운 일이 아니다. 이혼 전문 변호사로 일하며, 나는 사람을 제대로 위로한다는 것이 얼마나 어려운 일인지 뼈저리게 느낄 때가 많다. 가끔 예전에 내가 의뢰인이나 친구에게 건넸던 위로의 말들을 떠올릴 때면, '정말 어쭙잖았구나' 하는 생각과 함께 창피함이 온몸을 타고 번지기도 한다.

변호사가 되고 얼마 되지 않았을 무렵, 수십 년간 폭행을 당해온 60대 여자 의뢰인의 황혼 이혼 사건을 상담하게 되었다. 이 의뢰인은 심각한 폭행에도 이혼할 생각이 전혀 없어 보였는데, 장성한 아들의 손에 이끌려 어쩔 수 없이 상담을 받으러 온 것이었다. 가정 폭력 사건을 직접 접하는 것이 거의 처음이었던 나는 분노가 이글이글 끓어올랐다.

"정말 잘 오셨네요! 이혼만 하면 괜찮아지실 거예요. 도대체 그동안 어떻게 그런 사람을 견디며 사셨어요!!"

의뢰인의 상황에 깊이 공감하고 의뢰인에게 큰 힘을 드리고 싶다는 생각에, 나는 평소보다 기합이 바짝 들어간 상태에서 위로를 해드렸다. 그러나 내 의도와 달리, 의뢰인은 불안한 기색이 역력했다. 그분의 힘들어하는 눈동자는 아들과 변호사인 내 눈치를 살피느라 바삐 움직였다. 볼수록 '어떻게 하면 이 자리를 빠져나갈 수 있을까' 생각하고 계신 것 같았다.

그렇다. 그분은 이혼을 원하지 않았다. 그분의 생각을 전혀 신경 쓰지 않은 채, 나는 온전히 내 기준과 가치관에 따라 위로의 말을 건넸고, 이 말은 공허한 울림이 되어 그분에게 전혀 가닿지 못했던 것이다.

요즘도 가끔 그 일을 떠올리면 너무 부끄러워 견딜 수가 없다. 아무리 상대를 위하는 마음이 클지라도, 상대의 마음을 고려하지 않은 위로는 안 하느니만 못하다는 걸 그때 절실히 깨달았다.

딱 반대 입장이 되었던 적도 있다. 10여 년 전, 우리 가족에게는 '아버지의 말기 암'이라는 너무나 큰 고난이 찾아왔다. 아버지가 가장 힘드셨을 테지만, 그 고통스러워하는 모습을 옆에서 지켜보는 우리도 참 견디기 쉽지 않았다. 세상에서 가장 사랑하는 이의 고통을 조금도 나눠서 지지 못한다는 게 그리도 힘든 일인 줄 미처 몰랐다. 내가 할 수 있는 건 나의 베프인 아버지가 외롭지 않도록 계속 곁에 있어 드리는 것뿐이었다.

아버지의 병색이 점점 짙어지던 어느 날, 나는 기력이 없어 축 늘어진 아버지의 손을 꼭 잡고 진심을 담아 이렇게 말했다.

"아빠가 혹시 잘못되면 나도 곧 따라갈 거야. 아빠는 혼자가 아니니까 걱정하지 마."

그날 나는 항상 나의 단단한 방패 같던 아버지가 기어이 눈물 흘리는 모습을 보고야 말았다. 그때는 몰랐다, 그 말이 아버지에게 어떻게 들렸을지. 나는 정말 최악의 위로를 했던 거였다. 생명이 꺼져가던 아버지에게, 자기를 따라가 겠다는 딸의 그 말이 얼마나 큰 상처와 절망을 안겼을지 생각하면 지금도 죄송한 마음이 들어 가슴이 저릿저릿하다. 내 인생에서 가장 후회스럽고 되돌리고 싶은 순간이다.

한편, 아버지의 장례를 치른 후 허망한 기분에 빠져 허우적대고 있을 때였다. 친한 친구가 내게 이런 말을 해주었다.

"유나야, 괜찮아. 그래도 네 처지가 나보다는 나으니까."

친구는 나름대로 나를 위로하기 위해 그렇게 말했을 것이다. 자신의 불행한 처지를 보며 상대적인 위안을 얻으라는 거였겠지.

이런 친구의 마음을 머리로는 이해했지만, 그래도 그 말이 그렇게 섭섭할 수가 없었다.

'슬픔의 크기를 비교해 보라는 건가? 아빠 잃은 고통을 어떻게 다른 무엇과 비교할 수 있지?'

생각할수록 화가 났다. 그 친구가 또 그런 식으로 나를 위로할 것만 같아서, 한동안 그 친구를 멀리하기도 했다. 지나고 보니, 그때는 나도 그 친구도 참 어렸다. 누구라도 그런 서툰 위로 한 번쯤 건네본 적 있었을 것이다. 그리고 그런 적절치 않은 위로를 소화하지 못해 상처받았던 적도 있었을 것이고.

지금도 비슷한 실수를 하지 않는다고 단정할 자신은 없지만, 예전처럼 서툴고 억지스럽게라도 위로를 하려는 욕심은 내려놓게 됐다. 내 생각을 전달하거나 상대의 기분이 나아지도록 하기 위해 무리수를 두지 않는다. 대신, 한 가지 중요한 요령이 생겼다.

그것은 바로 '비슷한 일을 겪은 다른 사람들의 이야기를 들려주는 것'이다.

"변호사님은 아마 제가 한심하다고 생각하실 거예요. 그 사람이 바람을 피웠는데 그게 왜 저 때문인 것 같죠. 저는 왜 이렇게 자존감이 낮은 건가요."

예전 같으면 이런 말을 듣자마자 "그렇게 생각하실 필요 없어요. 분명 배우자분이 잘못하신 건데요!!"라고 말하며 열을 올렸을 것이다. 하지만 이제는 한 호흡 쉬고, 천천히 이렇게 말한다.

"외도 피해자들은 대부분 그런 마음을 갖고 계시더라고요. 제가 봐온 수백, 수천 명이 그러셨어요. 한심하긴요, 지극히 정상이에요. 분노 다음에 죄책감이 찾아오고, 그다음에는 좀 더 객관적으로 상황이 보이고. 그 상태에서 결론을 지으실 수 있을 거예요. 아프시겠지만, 시간을 좀 더 흘려보내 보세요."

이런 말을 들으면 보통 의뢰인은 본인만 그런 마음을 갖는 것이 아니라는 사실에 안심하며 후련해한다.

폭행 피해자가 눈물을 흘리며 "저, 이혼하는 것이 너무 억울해요. 함께 살고 싶지도 않지만 이혼하고 싶지도 않아요. 변호사님은 이런 제가 한심하시죠?"라는 말에는 "상대방이 달라질 거란 기대로 수십 년을 버티셨는데 이렇게 내려놓는다는 것이 당연히 허무하고 억울하시죠. 다른 분들도 그렇게 많이 말씀하세요. 그래도 미래가 보이지 않으니 저에게 오신 거잖아요. 큰 결심 하셨어요"라고 말씀드린다. 그럼 십중팔구 "어떻게 제 마음을 아세요?"라고 하신다. 그 마음은 내가 알아낸 것이 아니라, 같은 경험을 한 수많은 이들이 내게 알려준 것이다.

위로받는 포인트가 사람마다 다를 수 있지만, 대부분은 "너만 그런 것이 아니야"라는 말에 깊은 안도를 느낀다.

물론, 주의해야 할 점이 있다. 상대가 고민을 털어놓을 때, 꼭 "나도 그랬어. 나는…"으로 시작하는 말을 꺼내는 이들이 있다. 같은 어려움을 겪었다는 것이 처음엔 서로에게 동질감을 심어줄 수는 있지만, 이런 식의 대화가 반복되면 상대방은 '쟤는 내 고민을 들어주는 거야, 자기 이야기를 하고 싶은 거야?'라고 생각할 수밖에 없다. 내 이야기보다는 제삼자 여럿의 사례를 이야기해 주는 것이 좀 더 객관적으로 보여 상대에게 신뢰감을 줄 수 있는 것이다.

"변호사님이 위로해 주셔서 큰 힘을 얻었어요."

이제는 이런 말도 제법 듣는다. 일하며 쌓은 경험 덕분인지 일상에서도 나에게 고민을 털어놓고 위로를 구하려는 지인들도 좀 있다. 나를 보자마자 급히 내 손을 잡아끌고 두리번거리며 비밀스러운 장소를 찾아가 이야기를 풀어놓는 친구, 가족 들을 볼 때면 이 일을 하길 참 잘했다 싶다. 내가 가장 큰 감사와 보람을 느끼는 순간이다. 날 성장하게 해준 지난 내 경험과 타인들의 경험이 내게는 가장 큰 재산이다. 역시 경험만 한 것이 없다.

권태는 새로운 버전의
사랑일지도。

"미안해서 헤어지자는 말을 못 하겠어. 나한테 너무 잘해주
니까 차마 입이 안 떨어져."

친구들의 연애담을 듣다 보면 마음이 식었음에도 헤어
지지 못하겠다는 말을 꽤 많이 듣는다. 경우에 따라 다르지
만, 대개 이런 이야기를 들으면 나는 이렇게 말해준다.

"이 짧은 인생에서 왜 미안한 감정으로 사람을 만나. 그
건 너에게도 상대방에게도 못할 일 아니야?"

이런 말을 듣고도 누군가는 계속 연애를 이어간다. 어차
피 선택은 각자의 몫이겠지.

이혼 상담에서도 '미안해서 못 헤어지겠다'는 말이 자주

등장한다. 이상한 건 이 말이 연애 상담을 할 때와 이혼 상담을 할 때 각각 다르게 들린다는 점이다. 이혼 상담에서는 '내 마음은 식었는데 상대방이 내게 너무 잘해줘서 미안한 마음이 든다. 그래서 이혼하자고 못 하겠다'는 그 말이 어딘가 무책임하게 들린다. 그런 말을 들으면 들을수록 화가 나는 것이다.

물론, "미안하다"라는 표현에는 둘만의 역사와 각자의 인내, 둘만 아는 사정이 숨어 있을 것이다. 때문에 제삼자가 이러쿵저러쿵 말을 보탤 권리는 없다. 하지만 연애와 결혼을 대하는 마음가짐이 달라야 한다는 생각만큼은 어쩔 수 없다.

나는 연애가 서로를 발전시킬 수 있는 것이어야 한다고 생각한다. 상대를 만나 사회적으로 대단한 업적을 이루어야 한다는 말이 아니다. 간혹 연애를 시작하면 상대에게 푹 빠져 자기가 해야 할 일을 모두 잊고 둘 사이에만 매진하는 이들이 있다. 뭐 그러면 또 어떤가 싶다. 다만, 그 시간 동안 내면적·정서적으로 자신이 성숙해진다는 느낌을 받을 수는 있어야 한다고 믿는다. 그래야 좀 더 관계가 발전적으로 나아갈 테니까. 반대로, 둘이 미래를 위해 건설적인 작업을 함께하고 있는데도 그 시간이 무용하게 느껴진다는 이들도 있다. 정말 문제는 이런 이들일 것이다.

익어가고 발전해 나가야 할 관계를 '미안함'이라는 감정 하나로 지속하는 것은, 어떻게 보면 '도덕으로 무장한 오만함'에서 비롯된 것일 수 있다.

여전히 나를 사랑하는 상대의 마음을 외면할 수 없어서, 상대에게 받은 게 많아서 이별하지 못하겠다는 그 마음은 얼마나 권위적이고 이기적인가.

상대의 소중한 시간을 내가 그만큼 낭비하고 있는 것 아닌가. 상대가 내게 좋은 마음으로 베푼 그 모든 것을, 내가 그대로 돌려줘야 한다는 '대가성의 프레임'에 넣고 있는 것 같기도. 이런 상황에서 상대에게 해줄 수 있는 최고의 보답은 이별을 고하는 것 아닐까.

그런데 결혼한 사이는 좀 다르다. 결혼은 연애 기간 동안 자신의 마음을 검증한 후 앞으로 맞이하게 될 숱한 유혹과 고통 속에서도 관계를 지켜내겠음을 그리고 사랑의 결실이 생길 경우 책임지겠음을 서약하는 법적·정신적 행위다. 연애만큼 가볍지 않은 것은 물론이거니와 이별이란 선택지를 고르면서 맞이하게 될 파장이 너무 많은 이들에게 상처를 입힐 수 있는 것이다.

물론 대부분 이혼을 결심하는 이들은 이런 점을 충분히 고려하고서 나를 찾아온다. 이혼을 결심하는 이유는 굉장히 다양하고, 대부분의 이혼은 한 사람만의 희생이 강요되던 결혼에서 벗어나 자신만의 인생을 되찾아가는 소중한 여정이다. 그런데 간혹 권태롭고 지겹다고, 사랑이 식은 것 같다고 이혼하려는 분들을 만난다. 이런 경우도 개인의 선택이니 제삼자에게 존중받아야 하는 것은 당연하다. 제삼자가 욕할 수 있는 권리는 전혀 없다.

하지만 이런 생각은 든다. 연애가 이 사람과 내가 함께 해 나갈 수 있을지 고민하고 선택하는 과정이라면 결혼은 선택 이후의 과정이기에, 나를 선택하고 내가 선택한 사람에게 미안한 마음을 가져야 하는 것은 당연하다고. 그 미안함을 갖기 위해 애쓰는 것이야말로 결혼에 따르는 무거운 책임이 아닐까 싶다.

예전에 어느 책에서 사랑을 시작하는 두 남녀의 감정은 목숨도, 전쟁도 두려워하지 않을 만큼 세상 그 무엇보다 강력한 힘을 가지고 있다는 내용을 읽은 기억이 난다. 물리적인 측면에서 본다면 그런 감정이 생기는 것은 우리 몸에서 분비되는 호르몬 때문일 것이다. 의학적으로 이런 호르몬은 1년 반~2년 반가량 분비된다고 한다. 내가 좋아할 만한 점을 상대가 얼마나 많이 가지고 있는지 또는 사랑의 시작이 얼마나 극적이었는지에 따라, 이 기간은 좀 더 길어질 수도 짧아질 수도 있을 것이다. 그러나 수년이 흐르면 관계는 대부분 편안함과 권태 그 사이 어디쯤에 자리잡게 된다. 대부분 그렇다.

몇 년 전, 이혼 소장을 받아 들고 온 의뢰인과의 상담이 떠오른다. 남편이 보내온 소장에는 아내에 대한 온갖 흠이 담겨 있었다. 제삼자가 보기에 낯 뜨거울 만큼 모욕적인 내용에도 불구하고 의뢰인은 이혼하고 싶지 않다고 했다.

"아이들 때문인가요?"

"아뇨. 그런 건 아니에요. 아이들은 어떻게든 잘 살아갈 거예요. 제가 헤어지고 싶지 않은 건 그동안 지켜온 관계가 아까워서예요."

나는 그 말에 썩 공감할 수 없었다.

"아까우신 건 이해해요. 그래도 혼자서 관계를 지키는 게 의미가 있을까요. 관계는 함께하는 거잖아요."

소장을 보고 너무 화가 났던 나는 평소보다 더 강하게 의견을 어필했다. 그러자 그 의뢰인은 오히려 담담한 표정 으로 이렇게 답했다.

"나이와 상황에 따라 사람은 시시각각 변화하잖아요. 그 런데도 우리는 서로를 잘 알고 있다는 생각이 너무 강해 이 관계를 갉아먹은 것 같아요. 내가 아는 그 사람은 옛날 모 습에 머물러 있고 그 사람이 아는 나는 이미 변해버렸으니, 서로 계속해서 다른 방향으로 엇나가게 됐어요. 결과적으로 마침표를 찍게 된다 해도 우리가 10년 이상 함께 가꾸고 성장시켜 온 관계를 여기서 바로 포기하고 싶지는 않아요."

그 말을 듣자, 예전에 TV에서 10년쯤 장기 연애를 해왔다는 어느 유명 마술사가 했던 말이 퍼뜩 떠올랐다.

"친구와도 멀어질 때 있고 가까워질 때 있고 하잖아요. 연인과도 마찬가지 아닐까요."

어쩌면 권태란 관계의 또 다른 국면, 새로운 단계로 가는 출발선 아닐까.

이 출발선을 밟아보지도 않고 다른 길을 찾으려고 떠난다면, 시간이 흐름에 따라 조금씩 변해가는 상대의 모습을 사랑할 기회도, 그런 내 모습을 사랑받을 기회도 영영 놓치고 말 것이다.

요즘 나는 두 사람 사이에 찾아오는 권태감이 절대 쉽게, 거저 생겨나는 게 아니라는 생각이 든다. 꾸준히 노력하면서 상대에 대해 탐구해 왔고, 그 오랜 탐구의 대가로 서로를 잘 알게 됐다는 생각이 들 때, 바로 그때 두 사람 사이에 새롭게 찾아오는 감정이 바로 권태감 아닐까 싶다. 그러니까, 권태기는 치열한 연애의 결과인 셈이다. 동시에, 착실하게 사랑한 사람들에게 찾아오는 새로운 버전의 사랑일 수도 있고.

마음이 예전 같지 않아서, 결혼 생활이 재미없어서, 권태기가 와서 이별을 결심하고 나를 찾아오는 분들에게, 이제 나는 아주 조심스럽게 이런 말씀을 드린다.

"시즌2 지루하다고 시즌3 무조건 안 보실 건가요?"

시즌3에 어떤 게 있을 줄 아시고.

3장

붙잡을 수 있는 건

오로지 내 마음뿐

다오는
잘 살고 있을까。

"넌 맨 처음 이별해 본 게 언제였어?"

언젠가 친구와 대화를 나누던 중 '첫 번째 이별' 이야기가 나왔다. 곰곰이 기억을 더듬어보았다. 아주 어린 시절에 반려동물을 잃었던 일, 친한 친구가 전학을 가서 펑펑 울었던 일 등이 동시다발적으로 떠올랐다. 그중 유독 뚜렷하게 머릿속에 각인된 첫 번째 이별은 20대 초반에 경험했던 것이었다.

당시 나는 '세계에서 가장 살기 좋은 도시'를 꼽을 때면 늘 5위 안에 들어가던 밴쿠버에서 1년간 어학연수를 했다. 지금 생각하면 '인생에서 그렇게 평화로운 시간이 또 있었을까' 싶지만, 몸만 성인이지 정신연령은 중학생 수준이던 내게 말이 통하지 않는 도시는 공포 그 자체였다. 길을 가다가도 갑자기 맨홀 뚜껑이 열리고 깊은 구멍이 나를 집어삼킬 것만 같은, 터무니없는 상상에 빠져 두려움에 떨곤 했다. 그러면서도 한국인 친구들과 어울렸다가는 "아임 파인 땡큐 앤드 유?I'm fine thank you and you?" 수준의 내 얄팍한 회화 능력마저 사라져버릴 것 같아, 일부러 우리나라 말을 쓰는 친구만 만나면 유령 대하듯 했었다.

그날도, 외국인으로 가득한 어느 학원 한 구석에서 하숙집 아주머니가 싸주신 샌드위치를 먹고 있었다. 맛을 느낄 새도 없이, 오직 에너지를 채워야 한다는 일념으로 샌드위치를 열심히 입속에 욱여넣을 때쯤 내 또래로 보이는 친구가 "캔 아이 시트 히어?Can I seat here?"라며 말을 걸어왔다. 피부가 건강하게 그을린 여학생이었다.

자리가 비어 있는 거냐고 물을 때, 내가 우리나라에서 배운 영어는 "이즈 디스 시트 테이큰?Is this seat taken?"이었는데. 어학연수생 치고 영어가 무척 자연스러운 그 아이에게 나는 첫눈에 반해버렸다(물론 그 아이의 귀여운 외모도 여기에 한몫했음을, 수줍게 밝힌다).

'다오'라는 이름의 태국 아이. 이 아이의 가장 큰 장점은
무려 '팟타이'를 점심 도시락으로 싸온다는 점이었다. 팟타
이는 당시 우리나라에서는 생소했지만, 밴쿠버에서는 매우
핫한 음식이었다. 그래서일까, 15년이 지난 이 순간까지도
내가 다오를 기억하는 것이. 아무튼 맛있는 밥만 차려주면
속을 다 내보이는 내 성향 덕분에 우리는 금세 친해졌다.

다오와 나는 하루가 다르게 점점 가까워졌다.

'외국 친구가 한 명 생겼으니, 이제 한국 친구 사귀어도
되겠다. 외국 친구가 끼어 있으면 한국말을 사용하지 않을
테니까.'

이런 식으로 자기 합리화가 시작되었고, 나는 태국인인
다오 말고도 중국인인 루시(내 절친이 됐다), 한국 친구 두
명과 어울리게 되었다. 우리 네 명은 그곳에서 너무나 행복
하고 즐거운 시간을 보냈다. 바라만 봐도 서로 의지가 되었
던 것은 물론이다. 이들 덕분에 어느 순간부터는 부모님과
언니에 대한 그리움조차 까맣게 잊어버렸다.

슬픈 건, 그런 행복이 시한부라는 사실. 어느 나라에서나 어학연수생들끼리의 친목은 한시적일 수밖에 없다. 얘는 한 달 후, 쟤는 석 달 후 자기 나라로 돌아가야 하는 처지이다 보니, 모든 관계가 이별을 전제로 하는 것이다.

우리는 그 사실조차 까맣게 잊은 채, 이런 날들이 마치 영원하기라도 할 것처럼 매 순간을 공유하며 힘차게 놀았다. 같이 여행도 다니고, 공원에서 소풍도 하고, 방과 후에는 도시락도 나눠 먹고.

그러나 예정된 이별이 오지 않을 리 없었다.

"나 이제 1주일 후면 출국해."

생각지도 않던 다오의 말에 "아 그래? 가서도 연락하면 되지 뭐" 하고 다들 쿨하게 말했다. 정말 아무렇지 않아서가 아니라 실감 나지 않아서 그랬을 것이다. 매일 생활을 함께하던 사람이 어느 날 갑자기 사라진다고 하니, 정말 현실감이 없어도 너무 없었다.

그러다 다오의 출국 날이 왔다. 다들 얼떨떨한 마음으로 함께 공항에 갔다. 다오의 짐을 들어주고, 공항에서 파는 자잘한 밴쿠버 기념품들을 사주고, 이메일 주소를 교환하고, 우리는 마침내 활짝 웃으며 이별했다.

그런데 이게 웬일인가. 다오의 뒷모습이 사라지고 출국장 문이 닫히는 순간, 내 눈에서는 주체할 수 없을 만큼 펑펑 눈물이 쏟아지고야 말았다. 내가 가슴을 쥐어짜며 서럽게 우는 걸 지켜보던 친구들도 그제야 상황이 실감 났는지, 한 명 두 명 훌쩍이기 시작했다. 우리는 그 자리에서 서로를 붙잡고, 그렇게 한참을 울었다.

그날 내가 느낀 감정은 이전에 느껴본 적 없던 것이어서 무척 이상했다.

'내가 왜 이렇게 슬픈 거지? 다오한테 이 정도로 정이 들었던 건가?'

이런 의문이 한동안 머릿속을 떠나지 않았다. 내가 내린 결론은, 다오는 내가 성인이 된 후 처음으로 인지한 '다시는 만날 수 없을 사람'이었다는 것이다.

물론, 우리는 앞날을 섣불리 예측할 수 없다. 그를 평생 볼 수 없을 거라고 철석같이 믿었지만, 4년 후쯤 그는 거짓말처럼 한국을 찾아와 내게 연락을 했다. 나는 그에게 신나게 63빌딩 투어를 해줬다.

살면서 크고 작은 헤어짐의 순간을 맞닥뜨릴 때마다, 나는 종종 내게 처음으로 이별을 학습시켜 주었던 그 아이를 떠올린다. 다오 덕분에, 한때 내밀한 이야기까지 나누며 세상에서 가장 가까운 관계로 지냈던 사람과 다시는 만나지 못할(지도 모르는) 이별을 한다는 게 어떤 느낌인지, 그런 이별을 맞을 때 어떤 마음가짐을 가져야 할지 알 수 있었다. 다오에게 참 고맙다.

우리는 태어나서 죽을 때까지 매 순간 학습한다. 그러고 보면 이별이란, 관계가 내포한 꽤 개연성 높은 결말일 수밖에 없다. 언제 어느 때나 반복적으로 일어날 수 있는 일인 거다.

그런 일이 벌어질 때마다 이걸 '학습'이라고 부른다면,

이별할 때 감정적으로는 힘들더라도

이것이 내 인생에 그리 큰 손해는 아닐 것이다.

이런 생각도 해본다. 우리가 이별을 학습 내지 경험의 대상이라고 여긴다면 누군가의 아픔을 단순히 '실패'로 치

부해 버리는 실수를 줄일 수 있지 않을까. 내 삶이 현재 어떤 상황인지 그와 내 사이가 얼마큼 중요한지에 따라 이별이 주는 고통의 크기는 매번 다르지만, 어쨌든 이별이 슬픈 건 기정사실이다. 온전히 사랑으로 시작된 관계가 종말로 치닫는 것이니, 아픈 게 당연하겠지. 그러나 이런 아픔이 거름이 되어 그 사람이 더욱 성숙해지도록 돕는다면, 그 이별 경험을 두고 '실패' 운운하는 것은 선 넘는 행동이 분명하다.

내게 이별에 관해 많은 생각을 하게 해준 친구, 다오. 그는 어디선가 잘 살고 있을까. 나를 어떻게 기억해 줄까.

트라우마로부터
자유로운 관계。

나를 찾아오는 의뢰인들은 대부분 이별에 대한 협의가 되지 않아 소송을 결심한 이들이다. 소송까지 한다는 건, 그만큼 감정이 뿌리 깊다는 증거. 이들은 상대와 나눈 숱한 대화에서, 또 이별을 협의하는 과정에서 더욱더 상대에게 깊이 실망한다.

"정말 환멸을 느껴요. 그 사람한테 질렸어요."

이런 반응은 양반이다. 본격적으로 상담이 시작되면 많은 사람이 분노와 욕설, 눈물을 쏟아낸다. 그리고 상대에 대해 하나같이 비슷한 평가를 한다. 일일이 계산해 보지는 않았지만, 전체의 한 90퍼센트 정도 되는 이들은 이렇게 이야기한다.

"그 사람은 어디 아픈 사람 같아요. 정신에 이상이 있다고요."

신기한 건 첫 조정기일에 법원에 가면 상대방도 어김없이 같은 말을 해온다는 점이다.

"저 사람은 정신병자가 확실해요!!"

들을수록 아리송했다. 그렇다면, 대부분의 인간이 정신에 이상이 있는 건가? 글쎄, 사회생활을 하며 무수한 사람들을 만나본 끝에, 또 나 자신과 주변인을 들여다보며, 내가 내린 결론은 '그렇다'이다. 우리는 대부분 어딘가가 조금씩 아프다.

심리학자나 정신건강 전문가들은 우리 행동과 인간관계에 드러나는 문제들이 대부분 과거에 받은 깊은 상처에서 기인하는 경우가 많다고 이야기한다. 소위 '트라우마'로 인해 본의 아니게 상대를 괴롭히기도 하고, 뭐든 뿌옇게 보이는 눈으로 상대를 보며 그의 진면목을 알아채지 못한 채 잘못된 선택을 하기도 한다는 것이다.

트라우마란 원래 치료가 필요할 만큼의 '정신적 외상'을 의미하는 말이지만 최근 들어서는 이후의 삶에 크고 작은 영향을 미치는 정신적 상처를 폭넓게 일컫는 말로 많이 사용되는 것 같다. 그만큼 정서적 상처에 대한 감각이 이전보다는 예민해진 게 아닐까 싶다.

아픔의 양상과 정도, 통증의 표현 방식은 제각각 다르다. 어떤 아픔은 자기 자신, 함께하는 누군가마저 도저히 감당할 수 없는 수준이다. 가장 대표적인 것이, 어린 시절 가정폭력을 보고 자라 상처가 깊은 사람이 똑같이 방어적인 폭력성을 드러내며 배우자를 괴롭히는 경우다. 이런 모습을, 정말이지 숱하게 보았다.

이 경우, 피해자가 폭행을 견뎌주면 오히려 폭행이 줄어드는 것이 아니라 점점 더 심해진다. 반대로, 피해자가 폭행에 크게 반발하면 가해자는 완전히 이성을 잃은 채 피해자를 제압하기 위해 더 큰 폭력을 행사한다. 즉, 어떻게 해도 폭행의 정도가 줄어들지 않는다는 것. 심지어 가해자는 법정에 와서까지 "저 사람이 맞을 짓을 해서 때렸을 뿐"이라며 피해자에게 책임을 돌린다. 아무리 수많은 전문가가

"폭력은 잘못된 것"이라고 주장해도 소용없다. 결국, 그 누구도 아닌 자기 자신이 스스로의 폭력성 문제를 인지하고 반드시 고치겠다고 마음먹을 때라야 달라지는 모습이 나타난다.

부모가 사랑을 전혀 표현하지 않은 집안에서 자란 사람의 경우, 누군가에게 사랑받고 싶은 간절한 마음에 과도하게 타인의 시선과 취향을 의식하고 그에 맞춰 행동하려 하기도 한다. 냉정한 보호자 밑에서 자란 사람 중에는 방어적인 태도가 심해져 상대의 건강한 비판까지도 극단적으로 해석하고 결국 관계를 망치는 이들도 있다. 가족 내에서 성적 학대를 당해 이성에 대한 혐오가 마음속에 자리 잡은 사람은 이성과의 관계에서 피해 의식이 많이 발현되기도 한다.

어떤 사람은 자신의 아픔을 잘 컨트롤하고 견디며 누구에게도 들키지 않은 채 살아간다. 간혹 "그 사람은 정말 단 한 번도 흐트러진 적 없어요. 겉으로는 감정 표현을 전혀 하지 않아요. 당최 속을 모르겠어요"라고 토로하는 분들을 만나게 된다. 이런 분의 배우자를 보면 내면의 트라우마를 꾹꾹 누르며 절대 누구에게도 들키지 않고 살아가는 경우가 많다. 행동을 절제하고 말을 조심하며 살다 보니, 방어적이고 감정 표현이 적은 것으로 보이기 십상이다. 이들은 주변에 크게 피해를 입히지는 않지만, 누군가와 친밀한 관계를 형성하는 데 어려움을 겪는다. 그래서 함께 지낸 지 수십 년이 지나도, 배우자를 비롯한 다른 가족들과 심리적 거리를 좁히지 못한다. 이런 이유로 가족이 해체되는 것을 참 많이 보았다.

또 어떤 사람은 내면의 아픔에 대응하는 방식이 상대방에게 별로 해가 되지 않는 것이어서 표면적으로 굉장히 건강해 보이기도 한다. 예를 들어, 어린 시절 엄격한 환경에서 비판을 많이 받고 자란 사람 중에는 강박이 심하고 불안감이 높은 이들이 있는데, 이들은 오히려 그 경험 때문에 타인에게 비판의 말이나 불만을 잘 표현하지 못한다(그러다 어느 순간 터져버리기도 한다). 이들에 대해 주변 사람들은 "좋은 사람" "인격적인 사람"이라 평가하며 이들과 즐겁게 관계를 이어나가지만, 정작 이들은 종종 진한 외로움을 느끼고 마치 가면을 쓰고 사는 듯한 답답함도 느낀다. 그래도 좋은 사회적 평가를 받으며 점차 마음을 회복해 나간다.

어린 시절의 트라우마뿐 아니라, 지난 연애에서 갖게 된 안 좋은 기억(데이트 폭력, 상대방의 바람 등등), 그 밖에 인간관계 안에서 겪게 되는 크고 작은 아픔도 모두 이후의 삶에는 큰 영향을 끼친다. 트라우마에서 벗어나지 못한 채 새로운 관계를 시작할 때는 대부분 과거의 경험을 답습하지 않기 위해 애쓰게 된다.

나를 찾아오는 이들 중 이런 경우가 있다.

"장기간 연애를 하다 보니 시간이 지날수록 서로에게 익숙해지고 사랑은 식어가고… 그래서 결국 헤어지게 되더라고요. 그런 패턴이 몇 번 반복되니까 겁이 나는 겁니다. 이럴 거면 몇 개월만 사귀고 결혼하는 게 낫지 않나, 그럼 신혼 생활이라도 행복하지 않을까 싶어서 정말 짧게 만나고 결혼했어요. 그랬더니 연애할 때 봤던 모습은 온데간데없고 완전히 다른 사람이 나타나더라고요. 황당했습니다. 아무래도 너무 짧은 연애가 독이 된 것 같아요."

또 이런 경우도 있었다.

"말이라도 걸라치면 무조건 윽박지르고 자기주장만 해대는 사람 있잖아요. 전처가 딱 그랬어요. 정말 질려서 헤어졌죠. 그다음부터 여자들이 소리 지르는 것만 봐도 얼어붙게 되더라고요. 그래도 좋은 가정을 갖고 싶은 꿈이 사라지진 않아서 주변에 온순한 사람 있으면 소개해 달라고 했습니다. 운 좋게 그런 사람을 만나 곧 재혼하게 됐는데… 이 사람은 너무 순하고 주관이 없다 보니 지인들에게 여기저기 휩쓸리느라 바빠요. 비싼 정수기도 사주고, 보증도 서주고, 돈도 빌려주고. 결국 하나뿐인 집까지 날려 먹을 상황이 돼서 이렇게 이혼하려고 변호사님 찾아온 거예요."

과거의 그 사람과 다르다고 느껴지는 순간 상대의 모든 단점이 보이지 않게 되고 깊이 상대를 사랑하게 된다는 것은, 무척이나 위험한 일이다. 이는 다시 자기 자신에게 상처를 내는 행위일 수도 있다.

이렇게 생각해 보자. 지금 다니는 회사의 어떤 점이 너무 싫어서 퇴사하려는 사람이, 그 싫은 부분이 없다는 이유로 잘 알아보지도 않은 채 새로운 회사를 택했다. 그 사람은 새로운 회사에 만족하며 오래 다닐 수 있을까? 다행히, 새 회사가 이 사람에게 꼭 맞는 곳일 수도 있지만, 십중팔구 이 사람은 새 회사의 새로운 문제들이 눈에 들어와 또 스트레스받을 가능성이 크다.

새 회사를 택할 때는 그곳의 장단점이 무엇인지, 그 단점을 내가 견딜 수 있을지, 장점이 내 역량을 펼치는 데 도움이 될 만한지 면밀히 따져야 한다. 그러니까, 그 회사가 어떤 회사고 나랑 맞을지 봐야 한다는 것이다. 인간관계도 마찬가지 아닐까. 새로운 관계를 시작하면서 우리는 오로지 상대가 어떤 사람인지, 나와 맞춰 나갈 수 있는 사람인지를 먼저 생각해야 하는 것이다.

트라우마로부터 자유로운 관계를 맺어나가려면 결국 스스로 자신의 트라우마가 이 관계에 나쁜 작용을 하고 있진 않은지 수시로 점검하고, 그렇게 되지 않도록 노력하는 수밖에 없다. 그러려면 오히려 고립되어선 안 된다. 다양한 관계를 맺어가며 그 관계들 속에서 내가 어떻게 말하고 행동하는지 관찰할 필요가 있다. 즉, 스스로를 객관화하고 알아가야 한다는 것이다.

정신의학자 베셀 반 데어 콜크Bessel Van Der Kolk는 트라우마를 다룬 책의 바이블로 불리는《몸은 기억한다The Body

Keeps the Score》에서, 정신적인 외상이 있는 사람은 다양한 관계를 통해 자신의 깊은 상처에서 회복될 수 있다고 말한다. 비슷한 경험을 가진 이들과의 관계를 통해 수치심을 누그러뜨릴 수 있고, 사랑하고 사랑받는 관계를 통해 신체적·정서적 안정감을 느낄 수 있다는 것. 이런 경험이 쌓여 자기 앞에 놓인 문제를 제대로 바라보고 해결할 수 있게 된다고도 덧붙인다. 결국, 트라우마란 관계로 인해 생겨나지만, 이를 치유하는 것도 관계라는 것이다.

한 가지, 주의해야 할 점이 있다. '관계를 통해 트라우마를 극복해야 한다'는 말이 자칫 '관계 맺는 특정인을 통해 트라우마를 치유해야 한다'는 것으로 읽혀선 안 된다는 사실이다.

관계란 타인에게 비친 나 자신을
들여다볼 수 있게 해주고,
타인에게 공감받음으로써 내 감정을
다시 한번 살펴볼 수 있게 해준다.
관계에 치유력이 있는 것은 이런 속성 때문.

자칫 관계 그 자체가 아니라 관계 맺는 대상에게 치유받기를 기대했다가는 실망하고 상처받게 될 가능성이 큰 것이다. 우리 모두 잘 알듯이, 사람은 불완전한 동물 아닌가.

　미국 드라마에서 등장인물이 자신의 상처를 치유하기 위해 심리 치료사나 같은 아픔을 지닌 이들의 모임을 찾는 장면을 볼 때면, 내가 매일 만나는 이 상처받은 분들도 그런 시스템을 쉽고 편안하게 이용할 수 있다면 얼마나 좋을까 하는 생각을 종종 한다. 점점 나아지고 있기는 하지만, 아직까지도 우리나라는 심리 치료를 받거나 정신건강의학과에 방문하는 것이 일상적인 일로 자리 잡지는 못한 것 같다. 오히려 자신의 아픔을 인정하지 않거나 숨기고 억누르려는 문화가 강하다. 그래서인지 비슷한 아픔을 가진 사람들끼리 적극적으로 모이는 것 역시 보기 힘든 장면이다. 가끔은, 이렇듯 인내를 미덕으로 삼는 우리 문화가 높아지는 이혼율과 낮아지는 결혼율의 한 원인은 아닐까 하는 생각이 들기도 한다.

　자신에게 숨기고 싶은 깊은 상처가 있다면, 어떤 관계에서 스스로가 자꾸 어떤 모습을 보이는지 점검할 필요가 있겠다. 상대의 눈치를 보라는 것이 아니다. 자신을 좀 더 객관적으로 보기 위해 노력해 보라는 말이다. 내가 상대의 언어와 행동을 확대 해석하고 있는 것은 아닌지, 혼자 너무 앞서가고 있는 것은 아닌지, 상대에 대한 나의 애정이 내 과거와 밀접한 관련이 있는 것인지 등.

특히나 "네 마음대로 그렇게 생각 좀 하지 마" "넌 왜 자꾸 내 말을 오해하는 건데?" 같은 말을 들은 적 있다면 더욱더 이 관계를 자세히 살펴보자. 혹시 상대가 나를 지금 가스라이팅하는 것은 아닌지, 내가 트라우마로부터 자유롭지 못해 그러는 것은 아닌지 확인해야 한다. 스스로 판단을 내리기 힘들다면 상대와 나를 잘 아는 주변 사람에게 묻거나 전문가에게 상담을 받아봐도 좋다.

다행인 건, 우리가 가진 아픔이 항상 부정적으로만 작용하는 것은 아니라는 점이다. 힘든 경험을 간직한 사람은 오히려 그런 경험이 전혀 없는 사람보다 때때로 더 건강하게 관계를 가꾸어 나가기도 한다. 누군가를 행복하게 해주는 방식으로 자기 아픔을 치유하는 사람, 자신이 겪은 충격적인 사건을 통해 타인을 더 깊이 이해하게 되었다고 말하는 사람, 자신이 저지른 일을 솔직하게 고백하며 스스로를 치유하는 사람 등 이런 이들은 셀 수 없이 많다.

그들은 오늘도 나에게 넌지시 이런 이야기를 들려준다.

내 아픔을 인정하고 좋은 방향으로 치유해 나가기.

내 트라우마를 상대에게 들키는 걸 두려워하지 않기.

같은 상처를 지닌 사람과

아픔을 공유하며 함께 방법을 찾아나가기.

상대의 아픔을 존중하고 이해하되,

상대를 온전히 치유하려고 애쓰지 않기.

60일 후에
뵙겠습니다.

이별을 앞두고 나를 찾아오는 사람들을 보면 표정에 따라 크게 세 가지 유형으로 나뉜다.

첫째, 오래 기다린 숙원 사업을 이루게 되었다는 듯 약간 설레는 얼굴을 한 사람(이들에게 이별은 탈출이며 해방인 듯 보인다).

둘째, 너무 괴로워 나와 눈을 마주치는 것도, 호흡하는 것도 버거워하는 사람(이들은 마음 구석구석이 상처로 뒤덮여 있는 것 같다는 느낌을 받는다).

셋째, 세상을 다 통달한 듯 흔들림 없고 단단한 표정을 한 사람(이들에게서는 설렘, 슬픔 등 어떤 감정도 보이지 않는다).

설레는 것처럼 보이는 사람은 이미 마음속으로 이별의 모든 과정을 거치고 사실상 '서류 정리'만 남아 있을 때가 많다(간혹 배우자의 외도나 폭행 등으로 갑작스럽게 충격을 받아 자꾸 피식거리는 증상이 나타난다고 말하는 사람을 제외하고). 이들을 만나면 내 마음도 한결 가볍다. 함께 힘을 합쳐서 상대의 잘못을 입증할 방법을 연구하기만 하면 된다.

세 번째 유형은 오히려 내가 상담받고 싶어질 만큼 내공 있는 사람이다. 이들에게는 법률적인 설명만 하면 되기 때문에 진행이 신속하다.

문제는 두 번째 유형. 대부분 못 자고 못 먹은 지 최소한 열흘 이상 된 사람들이다. 특히 몸을 가누기 힘들 정도로 마음이 아픈 사람은 귀도 잘 들리지 않고 눈도 잘 보이지 않는다고 말한다. 그러면서 자신의 심장 소리가 다 들릴 정도로 신경이 예민해지는 바람에 죽고 싶다는 말만 반복하기도 한다. 이들에게는 다짜고짜 법률적인 설명을 하기보다 마음을 위로해 주는 것이 먼저다. 그래야 그다음 단계로 진도를 나갈 수 있다.

"저 좀 살려 주세요." "제가 죽으면 아이들이 절 원망하겠죠?"

변호사가 되고 나서 얼마 되지 않았을 때는 이런 말을 들으면 너무 놀라서 입이 안 떨어지고, 나도 모르게 눈물이 또르르 떨어지곤 했다. 어떤 말을 해야 할지도 모르겠고, 그저 "극단적인 선택만은 안 돼요"라는 말만 반복했던 것 같다.

그런데 이런 말을 여러 번 듣다 보니, 이들이 내게 듣고 싶어 하는 대답은 그저 "괜찮아질 것"이라는 한마디라는 사실을 알게 됐다. 큰 수술을 앞두고 의사에게 "다른 분들도 수술받고 무사히 퇴원하셨어요"라는 말을 들어야 안도하는 것처럼 말이다.

그걸 알게 된 후부터 나는 "극단적인 선택만은 안 돼요"라는 무거운 말 대신, 조금 더 가벼운 말을 전한다.

"지금까지 제가 본 분들은 대부분 두세 달 후면 어느 정도 밥도 잘 드시고, 잠도 잘 주무시고, 얼굴에 생기가 돌아오더라고요."

이렇게 짧지만 가까운 미래의 청사진을 제시한다. 처방

전 같은 것이라고나 할까.

그러면 이들의 절망적인 눈빛에 희망의 기운이 약간 돌기 시작한다.

"정말 그럴까요? 저 괜찮아질까요?"

이렇게 되묻는 이들도 있다. 절망에서 희망으로, 과거에서 미래로 전환되는 그 눈빛을 볼 때마다 조용히 내 가슴도 뛴다. 괜찮아지시겠구나.

아마도 이들이 내게 그런 반응을 보이는 건 내가 법률전문가라서가 아니라, 자신과 비슷한 경험을 가진 사람을 많이 만나왔기 때문일 것이다(앞에서 이야기했던 위로 잘하는 법을 떠올려보라!).

보통 소장을 작성해서 상대에게 보내면, 상대는 소장을 송달받은 날로부터 30일 이내에 답변서를 작성해서 제출하게 된다. 원고와 피고 각자의 입장이 담긴 소장과 답변서가 법원에 제출되면 법원에서 첫 재판을 잡아주는데, 그 첫 재판일은 내가 의뢰인과 첫 상담을 한 날로부터 60일 후쯤이다.

첫 상담을 하러 오는 이들은 아무거나 손에 잡히는 대로 입은 것처럼 보일 때가 많다. 늘어난 티셔츠, 상의와 완전히 따로 노는 하의, 이상한 색깔의 양말 등. 그러나 60일이 지나 첫 재판 날이 되면 옷도 신경 써서 입고 표정도 많이 안정된 상태로 나타난다. 옷을 잘 챙겨 입는다는 건 마음이 많이 가라앉아서 외적인 부분에도 신경 쓸 약간의 겨를이 생겼다는 것일 테다.

이런 모습을 보며, 나는 사람이 정신적으로 가장 견디기 힘들 때는 어떤 결정을 내리기 직전이지 결정을 내린 이후가 아니라는 것을 어렴풋이 알게 되었다. 어떤 큰 결정을 하고 나서는, 그것이 객관적으로 자신에게 어떤 이득 또는 손해를 가져다주는지와 상관없이 그 선택을 점점 받아들이게 되는 것일 수도. 그 과정에서 고통이 점점 줄어드는 것은 물론이다.

이렇듯 이별을 받아들이는 과정을 지켜보다 보면 사람의 마음도 물처럼 길을 터주어야 흘러갈 수 있다는 생각이 든다. 물이 개울로 흘러갈지 바다로 흘러갈지는 아무도 모르겠지만.

나의 마음에서 혹은 내 주변 소중한 누군가의 마음에서 썩는 냄새가 난다면, 고인 마음이 흘러갈 길을 터주자. 같이 밥 먹고, 같이 대화하며 시덥잖은 농담을 주고받고, 새로운 관심사를 공유하고, 서로 어깨를 주물러주고 하는 그 모든 것이 마음에게 길을 터주는 일이라 믿는다.

사과의 목적,
용서의 온도。

가장 믿었던 사람에게 배신을 당한 사람은 어떤 얼굴을 하고 있을까. 나는 배우자가 외도를 했다며 나를 찾아오는 이들에게서 바로 그 얼굴을 발견한다. 이들의 눈에는 말 그대로 빛이 없다. 그 눈을 보는 것만으로도 상대의 절망과 고통이 고스란히 전해진다.

외도를 직감했을 때 대부분의 사람은 그런 상황을 믿고 싶지 않아 회피하고 부정하며 자책감에 휩싸인다. 그러다 명확한 증거를 발견하고 더는 자기 자신을 속이는 것조차 불가능해지는 순간이 오면 인생을 포기하고 싶다는 생각, 즉 극단적 선택을 향한 유혹에 사로잡히기까지 한다.

이런 상태에서 나를 찾아온 이들의 절반 정도는 이렇게 말한다.

"제가 이럴 줄 몰랐어요." "저는 제가 강한 사람인 줄 알았어요."

성격이나 가치관 모두 제각각인 사람에게서 비슷한 이야기가 나오는 것을 보면, 우리는 누구나 고통을 마주했을 때 비슷한 얼굴을 하게 된다는 것, '나는 아무리 힘든 상황이 와도 이겨낼 수 있어'라고 자부하는 것이 참 오만한 짓이라는 것을 깨닫게 된다.

중요한 건 고통 그 이후일 터. 힘든 기억을 극복해 내는 사람과 그 기억이 평생의 상처로 남는 사람 사이의 차이는 무엇일까.

개개인의 정신력, 물론 이것도 중요하다. 앞서, 트라우마에 관한 이야기를 하면서도 자기 자신을 객관적으로 보려고 노력해야 한다고 강조했었다. 스스로 나아지려는 의지가 없으면 아무것도 변하지 않는다는 것만큼은 틀림없는 사실이다.

그런데, 이런 노력과 별도로 배신의 상처를 치유하는 데 정말 큰 역할을 하는 것이 하나 있다. 바로 상대방의 진정 어린 사과다.

수천 명의 외도 피해자들이 회복해 가는 과정을 지켜본 나로서는 그 회복이 완전하지 않다는 것을 잘 안다. 크고 작은 후유증을 남기는 것이다. 그런데 상대에게 진정한 사과를 받은 사람은 죽을 만큼 힘든 일을 겪었을지라도 상대의 잘못을 '인간이니까 할 수 있는 실수'로 여기면서 용서하려는 마음을 갖게 되는 경우가 많다. 이후 그 상대와 이별하든 결혼 생활을 유지하든 상관없이 감정의 회복 시간이 단축되는 모습을 참 여러 번 보았다. 그러고 보면, 용서란 상대방을 위한 것이 아니라 나를 위한 것, 내가 아픔에 덜 영향받고 살아가기 위한 적극적인 노력의 산물이 아닐까 싶다.

재판에 나가면 상대방의 얼굴만 봐도 내 의뢰인이 앞으로 더 힘들어질지, 이제 좀 회복할 수 있을지가 환하게 보인다.

"재판장님, 제가 미쳤었나 봅니다. 저 사람에게 너무 큰 상처를 주었습니다. 저는 감히 이별을 할지 말지 선택할 수 있는 입장이 아닙니다. 모든 처분은 저 사람에게 맡기겠습니다."

간혹 이렇게 울면서 이야기하는 사람이 있다. 법정에서 '변론을 위한 사과'가 아니라 '상대에게 진심으로 건네는 사과'를 하는 이들이다. 물론, 이런 사과를 할 줄 아는 사람은 상대의 고통에 민감한 편이라 애초에 외도를 저지르는 경우가 극히 드물다. 이렇게 사과하는 장면이 법정에서 자주 펼쳐지진 않는다는 뜻이다.

"재판장님, 저는 분명 미안하다고 했습니다!" "사과했으면 됐지, 더 어쩌라고요!"

거의 대부분이 이렇게 말한다.

이런 모습을 자주 보며, 내 아이만큼은 잘 사과하는 사람으로 키워야겠다고 여러 번 다짐했다. 그래서 아이가 어느 정도 인지 능력이 생긴 뒤부터 사과하는 법을 알려주기 위해 부단히 노력했다. 교육의 효과가 있었을까? 물론이다.

아이가 네 살 때 화를 내며 나를 때린 적이 있었다. 단호하게 혼냈더니 아이가 무려 "미안해"라고 했다! 나는 뿌듯한 마음에, 이제 쐐기를 박아야겠다고 생각했다.

"절대 사람 때리는 거 아니야."

그랬더니, 이 조그만 녀석이 하는 말.

"아, 미안하다고 했잖아!"

어쩐지 너무 쉽다 했다.

아이니까 당연히 그렇다. 아이는 사람의 감정과 마음을 헤아리는 법을 알기에는 아직 너무 어리고 자아가 서 있지도 않은 상태이니, 당연히 사과의 목적도 알지 못한다. 그래서 자꾸만 알려줘야 한다. 사과는 형식적인 말 한마디 던지는 게 아니라, 진심을 전달하는 것이라고.

수년 전 한 부부의 외도 사건이 있었다. 아내가 바람을 피웠다. 남편은 밤새 소리를 지르며 "네가 나한테 어떻게 이럴 수 있어!"라고 분노하고 통곡했다. 아내는 남편이 괜찮아질 때까지 1년간 계속해서 마음을 담아 사과의 말을 건넸다. 참 지칠 법도 한데, 이 아내는 끈기 있게 버텼다. "앞으로는 안 그럴게. 믿어줘"라는 근거 없는 약속을 남발하는 대신, 둘 사이의 신뢰가 깨진 것을 충분히 인정하고 남편에게 자신의 일과를 분·초 단위로 공유하며 남편의 화가 풀릴 때까지 차분히 기다렸다. 남편은 그런 아내의 노력에 감동해 끝내 아내를 용서했고, 앞으로 더 발전적인 관계로 나아가자며 아내에게 손을 내밀었다. 좋은 사과가 얼마나 강력한 힘을 발휘하는지, 이 사건을 보며 확실히 느낄 수 있었다.

그러나 대부분의 사람은 아이였을 때의 상태가 성인이 되고도 똑같이 이어지곤 한다.

"아, 미안하다고 했잖아!"

내 아이가 네 살 때 했던 이 말을, 법정에서도 똑같이 하는 이들이 얼마나 많은지. 이런 말을 할 거면 차라리 처음부터 사과를 안 하는 게 맞다(물론, 그 잘못이 매우 소소한 것이거나 오직 상대방 시선에서의 주관적 잘못이라면 이런 말은 당연히 나올 수 있다. 여기서 이야기하는 대상은 외도나 폭행 등 객관적이고, 돌이킬 수 없는 잘못을 저지른 이들이다). 무조건적인 용서를 전제하고 건네는 사과에는 아무런 힘이 없다. 아니, 애초에 그것은 사과가 아니다. 그저 자기 잘못에 대해 더는 꾸짖음을 듣고 싶지 않아서 건네는, 이기적이고 일방적인 투정에 불과하다.

사과란 자기 잘못을 진심으로 반성하고, 다시는 그 행동을 반복하지 않겠다는 약속이자 다짐이다. 이런 마음이 여러 노력을 통해 상대에게 충분히 전달될 때라야 비로소 제대로 된 사과를 했다고 할 수 있을 것이다.

용서는 어떨까. 용서의 온도는 사람마다, 그 관계가 얼마큼 깊었는지에 따라 다르다. 끓는점에 도달해야 물이 끓기 시작하듯이, 진정하고 충분한 사과를 받았다고 느낄 때 사람의 마음에서는 용서라는 기포가 올라오기 시작한다. 용서라는 기포에 도달하기 위해서는 무언가를 바라지 않고 상대의 마음을 어루만지기 위한 사과를 해야 한다. 이러한 사과를 해본 적 있다면, 이러한 사과를 받아본 적 있다면, 그 관계를 세상 그 어떤 보물보다 소중히 여기게 될 것이다.

미래를 통째로 삼켜버리는
괴물, 피해 의식。

법정 다툼은 일상생활에서의 싸움과 크게 다를 것 같지만, 막상 보면 그렇지도 않다. 법정에 가보면 모두가 상처투성이다. 소송을 건 원고도, 소장을 받은 피고도, 누가 더라고 할 것 없이 이미 온 마음이 상처로 가득하다.

　이들은 일단 상대방을 비난한다. 누구나 그렇다. 법원에 오면 더 그렇다. 관중이 있으면 싸움이 더 커지는 법이니까.

　"집에서 노는 사람이, 뭘 그렇게 불만이 많아." "애 하나도 제대로 못 보는 주제에 뭐 잘했다고 친구를 만나러 다녀." "쥐꼬리만 한 월급 벌어온다고 유세 떨기는."

　이런 말들에 심하게 상처받은 나머지, 그동안 본인이 가족을 위해 얼마나 많은 일을 해왔는지를 보여주는 수십 장의 증거(근로소득 내역, 깔끔히 정돈된 집안 사진, 자녀들과 여행을 다녔던 사진 등)를 법원에 제출하는 사람도 있다. 그런가 하면 "애를 못 본다고? 어디 한번 네가 키워봐"라면서 양육권을 상대에게 넘기는 사람도 있다. 모든 싸움이 그러하듯이, 법원에서 상대에게 내뱉는 말들도 결국 내가 받은 상처에 대한 반사 작용이라고 봐야 한다.

이런 다툼 장면을 보다 보면 '어쩌다 소중한 이들에게서 이런 말까지 듣게 되었을까' 하는 생각이 들며 너무 안타깝고 속상하고 화가 난다. 그런데 더러 이런 일들이 있다. 과장되거나 왜곡된 기억을 갖고 있는 이들이다. 습관적으로 폭언을 퍼붓는 배우자를 견디고 견디다 이혼을 결심했다고 말하는 이들이 꽤 많다. 그 이야기를 입증하기 위해 사실을 확인하다 보면 전부 맞는 말일 때가 대부분이지만, 간혹 본인이 배우자에게 뱉은 폭언은 전혀 기억하지 못하고 오로지 상대가 나에게 뱉은 폭언만을 선택적으로 기억하는 이들도 있다.

이를테면, "집에서 노는 사람"이라는 말이 결국 "밖으로 나도는 한심한 인간"이라는 말에 대한 방어에서 나왔다거나, "애 하나도 제대로 못 보는 주제에"라는 말이 아이가 크게 다쳤는데 병원에 데려가지도 않고 친구와 술 마시고 잔뜩 취해 들어온 끝에 듣게 된 것이었다거나. '폭언'이라 손가락질받는 말들이 실제로 왜 나오게 된 건지 그 정황을 짚어볼 때, 가끔은 이렇게 '기억이란 참 이기적일 수 있구나' 하는 생각을 하게 되는 것이다.

자신이 했던 말과 행동은 까마득하게 잊고서 상대의 말 한마디에만 딱 꽂혀 "열 배, 백 배로 갚아줘야 해요!"라며 분한 마음을 어쩌지 못하는 사람들, 나는 무조건 피해자이고 상대는 항상 나를 할퀴어대기만 하는 가해자이며 어떤 문제가 발생하면 그것은 100퍼센트 상대방의 책임이라고 생각하는 사람들, 정말이지 꽤나 많다. 어린아이들이 시도 때도 없이 억지를 부리고 자신이 저지른 실수도 무조건 엄마 때문이라며 길바닥에 드러눕는 모습을 볼 때마다 이런 사람들의 모습이 오버랩되는 건 내 착각일까. 어린아이 단계에서 조금도 성장하지 못한 이런 사람들은 언제나 자신이 피해자라고 말하지만, 알고 보면 정반대인 경우가 훨씬 많다.

사실, 관계란 참 공평하게도 한쪽이 완전히 가해자이기만 한 것도, 한쪽이 완전히 피해자이기만 한 것도 아닐 때가 더 많다. 대부분 상처 주는 사람은 자신의 그런 행동이 상대를 아프게 할 수 있다는 사실을 모른 채 행동한다. 이것에 상처받은 사람은 분한 마음에 상대에게 다른 말로 상처를 준다. 결국 양쪽 모두 서로가 서로에게 들은 가시 돋친 말만 기억하면서, 자신을 피해자라고 여기는 안타까운 지경에 다다르게 된다.

서로가 한계에 부딪쳐 이별을 택할 때, 우리는 보통 아픔도 얻지만 동시에 한층 성장할 기회도 얻게 된다. 그래서 인지 크게 다투고 누군가와 관계가 끊어진 다음에 다른 누군가와 새로운 관계를 맺게 되면, 대부분 이전보다 건강하고 성숙된 관계를 형성해 나가는 이들이 많다. 어쩌면 이것이야말로 실패한 관계가 우리에게 주는 크나큰 보상일지도 모르겠다.

그런데 많은 종류의 이별 가운데 두 가지 경우는, 좀 다르다. 여기에 해당하는 이별을 했다면 이후에 만날 다른 누군가와도 같은 패턴으로 다투고 관계를 끝맺을 가능성이 크다.

그중 첫 번째는 바로 '가해자가 스스로를 피해자라고 생각하는 경우'다. 말싸움을 하다가 상대를 때렸고, 두려움을 느낀 상대가 경찰을 불렀다. 그러자 상대를 때린 이 사람은 경찰에게 "아니, 다투다 보면 욱해서 한 대 칠 수도 있지, 그걸 가지고 경찰을 부르는 사람이 정상입니까?"라고 항변하며 공감을 강요한다. 퇴근 후 항상 남자 후배와 술을 마시고 집에 들어가는 어느 여자 의뢰인은 남편이 자꾸 자기가 바람을 피운다고 의심한다면서, 아무래도 남편에게 의처증이 있는 것 같다고 내게 공감하기 힘든 이야기를 들려준다.

대신 변론하는 것이 직업이지만 공감은 나의 자유 영역 아닌가. 이들의 이야기를 들으면 "글쎄, 잘 모르겠네요. 상대방 입장도 한번 생각은 해보셔야죠"라는 말이 저절로 튀어나온다. 이런 사람은 생각보다 참 많다. 어쩌면 이것이 이기적인 우리 인간의 극명한 한계일지도 모르겠다. 이 점을 항상 머릿속에 넣고 살아야겠다고 다짐한다. 내가 소중하게 여기는 관계가 있다면 상대의 말과 행동이 아무리 마음에 들지 않아도 이를 비난하는 대신에 왜 그런 말과 행동이 나왔는지, 혹시 나 때문은 아닌지 돌아봐야겠다고도. 뻔한 이야기 같지만, 이를 실천하는 사람은 너무나 드물기에 결코 뻔한 이야기라고 할 수 없다.

두 번째는 '그 어떤 사람을 만나도 상대에게 결국 가해자의 탈을 씌워버리고야 마는, 피해 의식에 사로잡힌 사람의 경우'다. 이들은 상대뿐만 아니라 자기 자신도 오래도록 괴롭힐 수 있어서 더 큰 주의와 노력이 필요하다.

주변 친구들을 살펴보자. 누구를 만나도 '그 사람 때문에 힘들고 괴롭다'며 툴툴대고, 고통을 호소하는 이들이 있다. 주로 입만 열면 부정적인 말을 내뱉는 사람들이다. 처음에는 "힘들겠다"고 공감해 주며 달래보지만, 누구와 함께 있든 힘들어하는 그 사람을 보다 보면 점점 지치고 버겁다는 생각이 들게 된다.

이들은 주로 고통을 머릿속에서 창조해 나간다. 나 또한 이런 이들을 가끔 만나게 되는데, 이를테면 이런 식이다.

"유나야, 나 정말 너무 기분 나빠. ○○이 나한테 '주말에 뭐 해?'라고 물어보는 거 있지?"

그래, 판단하지 말고 일단 생각해 보자. 저 친구는 이 말이 왜 기분 나빴던 걸까. 잠깐 머릿속을 이리저리 굴려봤지만 전혀 이유가 떠오르지 않는다. 결국 "흠… 그게 왜?"라고 물었더니 이 친구는 눈을 동그랗게 뜨며 이렇게 말하는 것이다.

"왜냐니? 역시 넌 너무 애가 무뎌. 내가 주말에 만날 사람이 없어 보인다는 거 아냐. 날 무시하는 거라고."

이 친구는 누군가 자신에게 "제가 언제 호텔 레스토랑에서 근사한 식사 한 끼 대접하겠습니다"라고 한 말에 대해서도, 자신을 호텔에서 밥 한 번 못 먹어본 사람으로 취급했다며 분하다고 했다. 휴…….

이런 사람과의 관계는 길어지면 길어질수록 서로에게 지옥이다.

내 의뢰인 중에는 "여기 있던 서류 못 봤어?"라는 말 한 마디 때문에 이혼하게 된 사람도 있었다. 출근하며 급히 회사에 가져갈 서류를 찾던 의뢰인이 마침 옆에 있던 배우자에게 혹시 서류 못 봤느냐고 물었는데, 갑자기 배우자가 크게 화를 내면서 호통을 치더라는 것이다.

"왜 서류 없어진 걸 내 탓을 해?"

그렇게 싸움이 시작되었다.

"탓한 게 아니라 그냥 물어본 거야. 안 보이는데 혹시 봤나 해서."

"그게 말이 돼? 당신이 나를 서류나 챙기는 사람으로 생각하지 않는 이상 그럴 순 없지!"

"어이없네. 무슨 말도 안 되는 소리를 해?"

"말도 안 되는 소리라고? 내가 하는 말이 틀렸다는 거야? 그래, 당신은 항상 그런 식이지. 매번 나 무시하고!"

이렇듯 별것 아닌 일로 다툼이 시작되고 커지는 일이 반복되는 것이다. 자신이 멸시당했다고 생각하며 화를 내고, 사소한 싸움이 잦아지고, 오랜 시간이 지나도 이런 묵은 갈등이 해결되지 않다 보니, 서로 지쳐서 관계를 정리하는 데까지 다다른다.

이렇게 자기가 잘못해 놓고 상대를 탓하거나, 상대가 하는 말을 오해하고 스스로 무시당했다고 생각하는 이들은 상처투성이 관계를 끝내고 새로운 사람을 만난다고 해도 좋은 관계를 이어가기 어렵다. 누구와 함께 있든, 배우자든 친구든 선후배든 상황은 더 악화될 뿐이다. 그렇게 몇 번 안 좋은 이별을 맞고 나면 이들은 당최 사람을 믿을 수가 없다고 한탄한다. 그러면서도 자기 주변에 사람이 없다 보니 짙은 외로움을 느끼고, 누군가가 옆에 없으면 더 견디지 못하는 악순환을 반복한다.

피해 의식이 미래를 통째로 삼켜버리는 모습을, 정말 자주 목격한다. 가만 살펴보면, 피해 의식 심한 이들이 처음부터 그랬던 것은 아니다. 마음이 여리고 다른 사람에게 자신을 맞추는 게 버릇이 되었던 사람이 어느 순간 일련의 사건을 겪으며 피해 의식을 키우게 되는 일이 적지 않다. 특히, 어린 시절 지독히 엄격한 부모로부터 칭찬 한번 듣지 못하고 비판만 받으며 고분고분한 아이로 살았던 사람이, 원하는 목표를 이루지 못해 자존감이 바닥으로 떨어지면 이상과 현실 사이의 벌어진 공간에 피해 의식을 키우는 경우가 많다. 참 안타까운 일이다.

여리다는 것은 상처받기 쉬운 성향으로 여겨지지만,

그 여림이 타인과 자신을

역으로 공격하고 상처 입힐 때도 많다.

이를 스스로 인지해야만

피해 의식에서 한 걸음, 두 걸음 벗어날 수 있다.

피해 의식도 극복할 수 있을까. 상태가 아주 심각하다면 전문 기관의 도움을 받아야 하겠지만, 그 정도는 아니라면 몇 가지 노력을 통해 조금씩 벗어날 수 있다.

그 첫 번째 노력은 목표를 정하고 꾸준히 무언가를 하는 것이다. 대단한 목표가 아니더라도 일상에서의 작은 성취가 피해 의식을 희석시킬 수 있다. 예를 들면, 화분을 잘 가꿔 나가는 일, 맛있는 음식을 만들어서 누군가의 칭찬을 받는 일, 매달 꾸준히 일정액을 저축하는 일, 하루에 한 장씩 100일간 글을 써서 나만의 책을 만드는 일 등 아주 사소한 것들도 괜찮다.

두 번째는 다양한 관계를 맺어나가는 것이다. 이런저런 성향의 사람을 만나다 보면 내가 다른 사람들의 눈에 어떤 사람으로 비치는지, 내 어떤 점을 고쳐야 하는지 깨닫게 되는, 사실 매우 불편한 순간에 직면하게 된다. 그 순간, 자괴 감에 빠지기보다 이런 문제를 어떻게 해결해 나갈지를 생각하며 고비를 넘겨야 한다.

반대로, 피해 의식 가득한 사람과는 어떻게 관계를 유지해야 할까. 우선은 나를 보호하는 게 가장 중요하지 않을까. 상대와 어느 정도 거리를 유지하는 게 최선이라고 본다. 그러나 상대가 나의 아주 소중한 사람이라면, 그 사람을 결코 잃을 수 없다면, 그의 현재 상태가 어느 정도인지 파악하고 그에 맞추어 도움을 주어야 할 것이다. 심각한 상태라면 전문가에게 보이고, 그렇진 않다면 앞서 이야기한 두 가지 방법을 실행에 옮길 수 있도록 옆에서 계속 자극을 주어야 한다.

정도의 차이만 있을 뿐 세상에 피해 의식 전혀 없는 사람은 존재하지 않는다고 생각한다. 내가 숨기고 있는 피해 의식이 무엇인지 종종 들춰볼 필요가 있겠다. 이것을 없애가는 걸 자신의 중요한 인생 목표 중 하나로 잡아본다면 어떨까. 관계의 문제 중 절반 정도는 저절로 해결되지 않을까.

내 사람의
돌변 시점。

짧은 상담 시간 동안에는 의뢰인의 이야기를 섬세하게 다들을 만한 여유가 없다. 그래서 소송 접수 전에 의뢰인에게 진술서 형태로 무슨 일이 있었는지 정리해 보내달라고 부탁드린다. 결혼 생활을 시작해 이혼을 결심하기까지의 과정을 담아달라는 것인데, 이 글을 읽다 보면 각양각색 결혼·이혼 스토리 속에서 딱 한 가지 공통적인 말이 등장한다.

진술서의 첫 페이지에는 주로 상대를 어떻게 만났는지, 어떤 점 때문에 결혼을 결심했는지가 적혀 있다. 그리고 2~3페이지쯤 바로 그 문장이 등장한다.

"그때부터 남편은 돌변하기 시작했습니다.""아내는 연

애 때 감추고 있던 진짜 모습을 드러내기 시작했습니다."

결혼하기 전에 이런 진술서들을 읽을 때면 참을 수 없는 궁금증이 솟구쳤다.

'왜 항상 사람들은 결혼하고 나서 돌변하는 거지? 나는 평생 한결같을 사람을 잘 골라야겠구나.'

이런 생각을 했던 나도, 안타깝지만 결혼을 하고 나서 이 '돌변 시점'을 직접 맞닥뜨리고야 말았다. 나라고 예외 는 없었던 것이다.

결혼하고 오랜 시간이 지나지 않아, 나는 남편이 참 '연 애 때와 다른 사람이구나' 생각하게 됐다. 사람이 변한 걸 까. 연애 때 모습이 거짓이었을까. 연애할 때 내 일상 이야 기를 해주면 재미있게 듣던 사람이 결혼하고 나서는 마치 그것이 별로 중요하지 않다는 듯 넘긴다는 느낌을 받았다. 어디 그뿐일까. "애는 낳기만 해. 내가 다 키울게" 하더니, 막상 출산하고 난 다음에는 '육아는 당연히 엄마의 몫'이라 고 생각하는 것만 같았다.

결혼 생활 10여 년째를 맞게 된 지금, 나는 이제야 남편 의 돌변을 어렴풋이 이해하게 됐다. 결혼 전에 우리는 서로를 탐색하고 상대에게 맞춰주기 위해 조심스럽게 행동했었다. 그러다 결혼을 하고 아이가 생기면서부터 남편은 경제적으로 부족함 없는 가정을 꾸려야 한다는 생각에 브레이크를 떼어버리고 앞만 보고 달렸다. 단 한 번도 내가 남편에게 경제적인 책임을 지워준 적 없었는데도. 그는 자신이 생각하는 좋은 가정을 이루기 위해 삶의 우선순위를 재정렬했던 것이고, 나 또한 내가 생각하는 이상적인 가정을 만들기 위해 달려왔다. 우리가 서로의 '이상향'과 이에 닿기 위한 '방식'을 공유하고 맞춰나가는 데는 꽤 긴 시간이 걸렸다.

이런 시간을 겪고 나서야 부부 관계에서의 그 '돌변'이라는 것이 무엇인지 좀 알 것 같다는 생각이 든다. 그것은 '상대방을 할퀴기 위해 손톱을 숨기고 있던 사람이 혼인 신고 후 본색을 드러내는 것'과는 한참 거리가 멀었다. 그보다는 결혼하고 완전히 새로운 환경에 놓이면서 자연스럽게 드러날 수밖에 없는 각자의 숨겨진 모습들, 혹은 입장 차이에 가까웠다.

물론 폭력성을 가진 사람이 욕심 나는 상대와 결혼하기

위해 그 성향을 감추었다가, 결혼하자마자 상대를 폭행하기 시작하는 식의 '진정한 의미의 돌변'도 있을 것이다. 하지만 우리 대부분은 연애 시절 그저 좋은 모습만 보여주고 달콤한 이야기만 나누다가, 결혼 후 현실적인 문제들을 마주하게 되면서 서로 다른 입장을 드러내는 정도의 '평범한 돌변'을 하게 된다. 휴⋯⋯. 나 또한 이것을 알아내는 데 너무나 오랜 시간이 걸렸다!

나를 찾아오는 많은 이들이 상대가 돌변했다며, 그 사례로 드는 이야기들은 이렇다.

"연애할 땐 결혼하면 집 치우고 정리하는 일은 본인이다 할 거라고 하더니, 막상 살아보니까 하고 싶지 않대요. 요새는 제가 그 사람 뒤치다꺼리하기에 바빠요." "결혼 전에는 화 한 번 안 내던 사람이, 결혼하고 나니까 이제 제가 우습게 보이는지 언성을 높이고 화도 잘 내요." "애를 낳고 나서 남편이 완전히 다른 사람이 됐어요. 제가 집에서 애만 보고 있는 걸 당연하게 여기는 거예요. 이런 사람이랑 어떻게 같이 살아요?"

대화를 나누다 보면, 상대가 돌변한 것에 대한 불만은

상대가 잘못(?)을 깨닫고 예전으로 돌아오는 식으로 말끔하게 해결할 수 없는 것임을 절감한다. 안타깝지만 이것은 부부뿐 아니라 장기적으로 이어지는 모든 관계에서 누구나 닿게 되는 단계이기도 하다.

평소 정리 정돈을 잘하는 것 같던 사람이 결혼하고 나서 돌변했다?

사람은 누구나 본능적으로 자신에게 이익이 되는 방향으로 행동하려 한다. 정리 정돈을 잘하지 못하는 사람과 연애하는 사람이 며칠간 여행 갔을 때 대신 짐 정리를 꼼꼼히 해주는 것은, 자기 자신에게 성취감을 주기도 하고 상대의 더 큰 애정을 얻게도 해주는 '이익이 되는 행위'이다. 그런데 이런 행위가 수십 년이 될지도 모르는 결혼 생활에서 매일 일어난다면? 한 사람은 늘어놓고 한 사람은 치우는 일이 끝도 없이 반복된다면, 늘어놓는 입장에서는 그것이 당연한 일이 되어버리겠지만 치우는 입장에서는 성취감은커녕 우울감에 빠지게 만드는 일이 될 것이다.

전에는 군소리 없이 뭐든 잘 치우고 깨끗이 정리하던 사람이, 사랑이 식어서 그렇게 나 몰라라 하는 게 아니다. 그저 양쪽 모두 한계에 부딪쳤을 뿐이다. 이는 맹세코 아무리 완벽해 보이는 관계에도 어김없이 찾아오는 일이다. 상대는 할 수 있는 만큼 하고 지쳐버렸을 가능성이 크다. 상대가 너무 뒷정리를 안 해서 내가 힘들어졌다는 생각이 든다면, 그것은 '내가 모르는 동안 저 사람이, 지금 내가 느끼는 이 고통을 견뎌왔겠구나' 짐작할 수 있어야 한다. 그저 내 순번이 돌아온 거라고 해야 할까.

이렇게 역지사지에 이르지 못하고 단순히 자기 힘든 것만 생각한다면 관계는 망가질 수밖에 없다. 상대와 지금 내 생각을 솔직하게 이야기하고 상대에게 그동안 얼마나 힘들었는지 묻고 둘 사이에 간단한 룰을 정하는 것으로, 이런 갈등은 얼마든지 해결할 수 있다.

연애할 때는 전혀 화를 안 내던 사람이 결혼하고 나서 돌변했다?

글쎄, 아마 연애할 때 특별히 화낼 일이 없었거나, 화를 내면 관계가 깨질까 두려워 제어했던 것 아닐까? 그리고 결혼하고 나서는 앞으로 상대와 함께 오랜 시간 함께 살아가려면 참는 게 능사라고 생각한 게 아닐까? 차라리 화나는 상황에서는 화내고 푸는 것이 관계에 더 발전적일 때도 있으니까(화내는 정도가 심하고 상대에게 인격 모독에 가까운 발언을 하는 경우는 당연히 제외다). 여기에, 상대가 나를 떠날지도 모른다는 공포심에서도 벗어났으니, 화내는 게 좀 더 쉬울 수도 있다.

전혀 화내지 않던 상대가 화를 내는 모습에 놀랐다면 '저 사람, 변했어. 이제 나를 무시하는 거야'라는 생각을 누르고, '이제 우리도 화낼 수 있는 사이가 된 건가. 관계의 다음 챕터에 접어든 모양이구나' 하고 담대하게 받아들이자. 그리고 둘 다 화가 누그러진 다음, 앞으로 화가 나면 서로 어떻게 할지, 화나게 하는 요인을 어떻게 제거할지 함께 고민해야 할 것이다.

언제부턴가 상대가 내 존재를 너무 당연하게 여긴다?

사실, 이 문제로 이별을 결심하는 사람들이 정말 많다. 그런데 마음을 열고 이야기를 나누다 보면 정말 상대가 내 존재나 역할을 당연하게 여기고 있는 것은 아니란 점을 깨닫게 된다. 그저 상대는 매번 감사하다고 표현하기도 뭐하고, 어떻게 마음을 드러내야 할지도 모르겠고, 사는 게 바쁘다 보니 챙기는 걸 놓치기도 하고, 뭐 그런 거다.

물론 이 또한 큰 잘못이다. 맞벌이 부부 중 항상 한쪽만 아이를 위해 야근과 회식을 포기한다고 해보자. 그것은 엄연히, 포기하는 쪽의 일방적인 희생이라고 봐야 한다. 상대를 사랑하고 배려하는 마음에서 했다고 하더라도 달라지는 것은 없다. 그런데 이런 패턴에 익숙해져 어느 순간 상대에게 양해도 구하지 않고 감사하다는 표현도 하지 않고 그 모든 상황을 당연히 여긴다면 어떨까. 십중팔구 그 관계에는 큰 갈등이 찾아올 것이다.

중요한 것은, 아무리 상대가 잘못했다고 해도 머릿속에서 제멋대로 인과관계를 확정 지어선 안 된다는 것이다.

'저 사람은 이제 내가 싫어서 그러는 거야.' '나를 무시하는 거야.' '요즘 어울리는 친구들 때문에 성격이 바뀐 거야.'

이렇게 독단적으로 내려버린 결론은 내 귀를 막고 마음을 닫고 관계를 종결짓는다. 그런 결말을 진짜 바라는 건 아니지 않은가.

그냥, '상대에게도 사정이 있었을 것이다' 정도의 전제만 깔고 한번 물어보자. 이런 말을 꺼내는 게, 가까운 관계일수록 쉽지 않음을 잘 안다. 그래도 그것을 해낸 이에게는 관계의 다음 시즌이 아름답게 펼쳐지는 모습을 정말 많이 보았다. '이런 게 진정한 결혼 생활이구나' 싶을 것이다.

결혼과 이별,
그냥 하나의 선택지。

2021년 한국여성정책연구원이 주관한 설문 조사 결과를
보면, "앞으로 결혼하지 않은 채 혼자 사는 사람이 늘어날
것"이라는 예측에 응답자의 97.1퍼센트가 "그렇다"라고 답
했다고 한다. "결혼 대신 동거를 하는 사람이 늘어날 것"
"혼인·혈연관계가 아니어도 생계와 주거를 같이하는 사
람이 늘어날 것"이란 항목에도 각각 87퍼센트, 82퍼센트가
동의했다.

결혼에 대한 인식이 하루가 다르게 변해가고 있다. 30대
후반인 나의 주변 친구들 중 결혼하지 않은 친구의 비율이
절반 정도 되는 것만 봐도, 정말 결혼이 당연한 인생의 관

문으로 여겨지는 시대는 끝났다는 것이 피부로 느껴진다.

'결혼은 하나의 선택지가 됐는데, 왜 이혼은 결혼과 동등한 선택지로 나아가지 못하는 걸까.'

직업이 직업이다 보니, 결혼 인식에 대한 설문 조사를 볼 때마다 이런 생각이 자꾸 든다. 최근에는 이혼에 대한 인식이 많이 좋아졌다고는 하지만, 그래도 아직은 날카로운 시선이 남아 있는 게 현실이다.

나에게 상담을 받으러 오는 이들은 대부분 결혼 생활을 하며 할 수 있는 노력을 다했는데도 더는 미래가 보이지 않아 이별을 선택한 사람들이다. 노력이라는 게, 말이 쉬워 노력이지 정말 듣다 보면 가슴 아픈 경우가 너무나 많다. 배우자를 밀어주느라 자신의 커리어를 모두 희생한 사람, 아이 때문에 배우자의 말도 안 되는 횡포를 수십 년간 견뎌온 사람 등 헤아릴 수 없이 많은 이들이 결혼 생활을 이어가고자 참고 참고 또 참는다. 그러다 임계점에 다다라 이혼을 결심하는 것이다.

이렇게 힘든 과정을 외롭게 싸워온 이들이 이런 말을 하는 것을 들을 때면 착잡한 기분을 숨기기 힘들다.

"결혼에 실패하고 나니, 앞으로 어떻게 살아가야 할지……. 인생이 막막해요.""사람들이 제게 문제가 있어서 이혼했다고 생각하겠죠."

너무너무 울컥하고, 속상하다.

"절대 아니에요, 그런 생각은 하지도 마세요"라고 단호하게 말할 수 있어야 하지만, 그럴 수 없는 현실이라는 게 더 슬프다. 평생을 함께하기로 약속하고 소중한 가정을 꾸린 사람과 관계를 정리하는 것은 단순한 이별이라고 할 수 없다. 그것은 자아에 대한 깊은 고뇌와 자책을 뼈저리게 거치는 과정이다. 그런데 왜 이것이 손가락질받아야 하는 걸까.

나는 드라마를 너무 좋아해서 인기 좋다는 드라마는 다 봐야 성에 차는 편인데, 요즘 들어 이혼율 높아진 사회상을 반영해서인지 드라마에 이혼한 인물이 등장하는 경우가 꽤 많은 것 같다. 예전에는 드라마에서의 이혼이 인생에서 한번 크게 넘어지고 실패한 사건으로 그려졌다. 주인공은 이혼 후 고통스러운 삶을 보내다가 좋은 사람을 연인으로 맞게 되고 마침내 새로운 행복을 찾아간다. 이렇게 과거의 관계에서 새로운 관계로 넘어가야 행복을 찾는다고 암시하는 듯한 메시지는 어쩐지 촌스러운 시대가 됐다. 요즘은 이혼 후 더 씩씩하게, 혼자서도 행복하게 지내다가 새로운 인연을 만나는 스토리가 대세다. 과거에 비하면 장족의 발전이지만, 어쩐지 이 정도로는 아쉽다.

이혼한 사람이 군이 '꿋꿋하게' 행복을 찾아가는 스토리 말고, 인물이 자기 자신을 찾아가는 인생의 과정 중에 아픈 기억이자 큰 메시지를 남긴 경험으로 이혼이 다뤄지는 스토리를 꿈꾼다면, 내가 너무 나간 걸까. 아니, 꼭 그렇지는 않은 것 같다. 수험 생활, 경제적으로 무척 궁핍했던 경험, 사업을 하다 고비를 맞았던 일 등 누구나 인생에는 눈앞이 깜깜해지는 암흑기가 찾아오게 마련이다. 이혼 역시 그런 인생의 중요한 터널 같은 경험이라 생각하면 크게 틀린 것 같지 않다.

또 하나, 극한의 고통 끝에 이별하기로 마음먹었다면 내 결정을 존중하지 않는 이들의 이야기에 크게 귀 기울이지 않아도 된다는 말을 하고 싶다.

남편에게 몇 번 폭행당하고 나서 멍든 얼굴을 둘둘 싸맨 채 나를 찾아왔던 여자 의뢰인이 있었다. 그런데 이 의뢰인과 함께 온 의뢰인의 어머니는, 울면서 사정을 설명하는 딸의 등을 찰싹 때리더니 이렇게 말하는 것이었다.

"우리 땐 그 정돈 다 참고 살았어!"

아내가 여러 번 바람을 피워서 이혼 소송에 이른 남자 의뢰인도 있었다. 이 의뢰인은 상담을 받으며 떨리는 목소리로 이렇게 하소연했다.

"제가 이혼한다니까, 사정 다 아는 제 친구나 친누나도 네가 애를 혼자 키울 수 있겠냐고 하는 겁니다. 애가 아직 어려서 엄마 손길이 필요하다고, 애 생각은 안 하냐고."

아직도 이런 경우가 있을까 싶지만, 있다. 그것도 꽤. 그래서인지 법적 이혼 사유가 충분한데도, 이혼 결심을 이미 굳히고도, 내 눈치를 살피며 불안해하는 이들이 많다.

"이 정도로 헤어져도 되나요?" "이혼하기에는 이유가 많이 부족하죠?"

이별에 절대적인 기준이 존재할까? 상대에게 폭행당하고 나서도 "그 사람이 마음이 여려서 그래요"라며 무조건

덮고 인내하는 사람이 있는가 하면, 남들 보기에 특별하지 않은 일상적인 말 한마디가 평생의 트라우마가 됐다고 말하는 사람도 있다. '이 정도면 이별해도 된다'라고 할 수 있을 만한 인류 보편적인 기준은 어디에도 없다.

타인의 평가에서 자유롭지 못한 우리는 충분히 고통받고 나서 그 고통으로부터 벗어나기로 결단하는 그 순간까지도 다른 사람의 시선을 고려한다. 하지만 적어도, 내 만남과 내 이별에 있어서만큼은 최종적으로 자기 기준을 우선으로 했으면 한다.

내가 보기에 괜찮다 싶은 사람을 만나고, 그 만남이 내 이별의 기준에 도달했을 때 이별하면 된다. 그러려면, 내 기준이 나 자신에게도 신뢰를 줄 수 있을 정도가 되어야 한다.

"네가 볼 때 어때? 이 사람이 날 아직 사랑하는 것 같아?"
"나, 이 정도면 헤어져도 되겠지?"

이런 질문을 자꾸 누군가에게 하고 있다면, 조언을 구하기 전에 내 마음을 먼저 들여다보는 게 어떨까. 그렇게, 자기 기준을 조금씩 세워보는 것이다. 그것이 무척 외로운 작업이라 할지라도.

이런 이야기를 꺼내면 꼭 "그럼, 이혼하는 걸 말리지 말라는 거냐. 이혼한 게 자랑이냐"라고 대뜸 화를 내는 이들이 있다. 결혼하는 게 자랑이 아니듯이, 이혼하는 것도 자랑은 아니다. 그냥 결혼도 이혼도 하나의 선택지일 뿐이다.

주체적으로 살아가고,

내 행복이 어디에 있는지 정확히 알고,

선택에 대해 책임지고,

단단하고 묵묵하게 나아가는 것 그리고

나 자신의 힘으로 과거를 딛고 일어서는 것.

나는 이런 것들이 자랑인 세상이어야 마음 편히 결혼도 하고 이별도 할 수 있을 것 같다.

견딜 만큼 견뎌보다 도저히 할 수 없어서 선택한 이별. 이런 '노력 끝의 이별'은 하나의 성취로서 존중받아 마땅하다.

4장

혼자서도 행복할 줄 아는 사람

자존감,
그게 뭔데。

언제부턴가 들불처럼 번진 '자존감'이란 단어는 우리 모두
를 순식간에 계몽시켰다.

"그래! 사람에게 가장 중요한 건 존엄이지! 자존감을 키
워서 단단해져야지."

이런 생각 안 해본 사람, 아마 거의 없을 것이다.

그렇다 보니, 자존감을 기준으로 사람을 분류하기도 하
고 나 자신을 평가하기도 하면서, 자책감에 빠지는 일까지
생겨났다. 짝사랑을 밥 먹듯이 하는 누군가는 항상 받는 사
랑을 하는 듯 보이는 친구를 부러워하며 자신을 질책한다.

'왜 난 항상 사랑받지 못할까. 이게 다 자존감이 낮아서

그런 걸까.'

친구나 연인에게 쓴소리를 들으면 자기 자신을 지키겠다면서 대뜸 관계를 정리해 버리는 이들도 있다.

'내 자존감이 손상되게 할 수는 없지. 가장 중요한 건 나 자신이니까.'

심한 경우, 멋진 싱글로 살아가는 선배를 동경하면서, 시작해도 충분한 관계를 일부러 밀어내기도 한다.

'저렇게 자존감 높은 사람들은 혼자서도 행복하다고 했어. 나는 지금 상태론 자존감이 낮아서 누굴 만나도 잘 안 될 거야.'

대학생 때였던 것 같은데, 친구에게 이런 질문을 받았던 적이 있다.

"너는 네가 자존감 높은 사람이라고 생각해?"

나는 섣불리 대답하지 못했다. 자존감이 정확히 무슨 뜻인지 몰랐다. 검색해 보니 자존감이란 '자기를 존중하는 마음'이라는데, 자기를 존중하는 마음이 대체 무엇인지 알쏭달쏭했다.

누군가와 식사할 때 항상 먹고 싶은 것이 정해져 있는 우리 언니나 친한 친구와 달리, 나는 보통 무엇을 먹고 싶냐는 상대의 질문에 "아무거나" "너 좋을 대로"라고 대답하는 편이었고, 남이 나를 어떻게 평가하는지에 따라 크게 상처받는 타입이기도 했다. 누군가가 내 단점을 지적하면 "자기가 뭔데 나를 지적해!"라며 화를 내기보다는 "아, 정말 내가 이런 점은 고쳐야겠구나" 하며 쉽게 괴로워하고 자책하기도 했다. 처음 누군가를 만날 땐 '나는 이런 사람'이라는 점을 어필하기보다 상대가 어떤 스타일의 사람을 좋아할지 나름대로 추측해 보고 그에 맞는 모습을 보여주려고 애쓰는 일도 잦았다.

그렇다고 내가 자존감 낮은 사람인가 생각하면 꼭 그런 것 같지도 않았다. 나는 사람에게 크게 휩쓸리지 않고, 혼자 노는 것을 즐기며, 관계를 끊어낼 때 단호한 편이고, 무리에서 나서는 것을 두려워하지 않는 외향적인 성향을 가지고 있었다. 누가 나한테 소리치거나 안 좋은 말을 하면 쉽게 주눅 드는 편이고, 일상에서 싫은 소리를 잘 하지는 못하지만 내 기준에 상대가 선을 넘었다고 생각하면 평소 안

할 법한 말들이 랩 하듯이 튀어나가기도 했다. 이런 걸 보면 강한 사람 같기도 했고.

그때부터 자존감에 관심이 생긴 나는 틈나는 대로 관련 책들을 읽어보기 시작했다. 특히나 관계 지향적인 나에게는 자존감이 인간관계에 큰 영향을 끼친다는 말이 예사로 들리지 않았다.

정신건강의학과 전문의 이무석 박사는 자신의 책《자존감》에서 인간은 불완전한 존재라며 자기 스스로를 끊임없이 들여다볼 줄 알아야 한다고 했다. 가장 공감했던 부분은 열등감을 떨쳐내면 상대를 용서하는 폭이 넓어진다고 한 구절이었다. 그러고 보면 의뢰인들 중에도 자존감 높은 사람일수록 상대에 대한 분노와 미움을 단기간에 내려놓고 마음의 평온을 찾아가는 경우가 많았다. 참 인상 깊은 모습이었다.

한편 정신건강의학과 전문의 윤홍균 박사는《자존감 수업》에서 자존감을 높이려면 결국 자기 자신을 사랑해야 한다며, 무엇이든지 스스로 선택하고 결정할 수 있어야 한다고 했다. 아직도 스스로 결정하는 게 어려운 어른이 너무나 많은 걸 보면, '자존감을 높인다'는 말은 결국 '내면의 성숙을 도모한다'는 말과 같은 뜻이 아닌가 싶다.

참 희망적인 것은 위의 두 전문가 모두, 과거의 경험이나 상처가 삶에 큰 영향을 줄지라도 인간은 스스로 이를 치유할 수 있는 존재라고 강조한다는 점이다. 이외에도 자존감에 대해 다루고 있는 책들을 읽어보면 하나같이 인간은 누구나 내면에 상처와 아픔, 객관적 조건에 대한 열등감을 가지고 있지만 결국 이를 극복해 내는 것도 자기 자신이라고 이야기한다. 좀 더 구체적으로 살펴보자면, 직접 작은 선택을 해보고, 그것에 대해 책임지고, 스스로 결정한 것에 대해 자신감을 느끼는 것 그리고 자기 자신을 더 잘 알고 들여다보려는 노력을 통해 있는 그대로의 나를 인정하고 받아들이는 것이 필요하다고 지적한다. 자존감은 인간관계를 결정짓는 가장 중요한 열쇠이기 때문에, 이렇게 자존감이 높아지고 나면 타인을 괴롭히거나, 타인이 나를 괴롭게 하는 모든 것으로부터 자유로울 수 있고 행복을 느낄 수있다.

전적으로 공감한다. 수천 명의 고통받는 사람들을 만나 그들이 스스로 삶을 개척해 나가는 모습을 줄곧 지켜본 나로서는 '자기 치유의 힘'이 얼마나 대단한지 확실히 알 수 있었다. 그중에서도 자신이 중요한 사안을 직접 결정하고, 자신의 단점을 정확히 인정하는 이들은 이별을 하면서도 자신과 타인을 용서하는 능력이 탁월했다. 자연히, 이별도 더 빨리 극복했다.

나중에야 깨달았다. 이들은 '자존감 높은 사람들'이란 것을. 이들의 이별법을 보며, 나 스스로를 참 많이 돌아볼 수 있었다.

'나는 자존감이 높은 사람일까 낮은 사람일까' 고민하며 20대를 보낸 나는, 다양한 사람들과 관계를 맺어보고 나 자신과도 좀 더 오래 같이 살아보고 나서야 자존감이 무슨 말인지 조금 알게 됐다.

나는 추구하는 목표나 가치관이 명확한 편이고, 관계 지향적이라 상대에게 상처 주는 것을 두려워한다. 또, 그때그때 싫은 소리를 해서 오해를 풀고 관계를 발전시키는 건 잘

못 하는 대신, 상대와의 관계를 잘 가꾸어 나가기 위해 할
수 있는 한 최선의 노력을 다하고 미래가 없다 판단하면 관
계를 포기한다. 그리고 서로를 존중하며 관계를 발전시켜
나갈 때 큰 행복감을 느끼지만, 한편으로는 혼자 있을 때도
너무나 즐거운 사람이다.

내가 혼자 있는 것을 좋아하는 이유는

사람이 싫어서가 아니라 사람이 너무 좋아서.

사람과 잘 지내고 싶어서.

사람과 잘 지내려다 보니 누군가와 함께 있을 때 많은
에너지를 소비하고, 그로 인해 쉬이 피로감을 느껴 '얼른
집에 가서 혼자 있고 싶다'는 생각을 하게 된다는 것. 하하.

나는 이제야 겨우 "너는 네가 자존감 높은 사람이라고
생각해?"라는 질문에 시원하게 대답할 수 있게 됐다.

"응. 난 자존감 높은 편이야."

이 대답을 할 수 있게 되기까지 참 긴 시간이 걸렸다. 당
연하다. 자신을 존중하는 마음은 결국 자신을 잘 아는 것에

서 출발하는 거니까.

자신을 잘 알지 못해 그저 상대에게 맞추기만 하는 사람은 자존감 높은 사람이라고 말하기 어렵다. 하지만, 성향 자체가 다른 사람이 원하는 것을 수용하길 좋아하고 타인이 행복해하는 것을 볼 때 덩달아 자신도 행복해지는 사람이라면 이야기가 달라진다. 나의 본성과 학습된 능력들, 가치관, 취향 등을 잘 알고 나 자신과 친해지는 것, 나 자신과 친해진 후에 다른 사람들과 차근차근 관계를 맺어나가는 것, 그것이 순서인 셈이다.

남들 눈에 내가 어떤 사람으로 보이는지 신경 쓰기보다 스스로 자신이 어떤 사람인지 자신있게 이야기할 수 있다면, 또 그런 자기 모습을 존중하며 살아가고 있다면, 당신의 자존감은 이미 충분하다. 내가 가장 잘 보여야 할 사람은 바로 나이기에.

쓸데없는
참견 금지。

변호사와 의뢰인은 주로 조정기일이 반복되면서 친분이
깊어진다. 보통 재판기일은 1~5분가량 짧게 쟁점과 증거
를 정리하는 날인 데 반해, 조정기일에는 한 사건당 법원에
서 두 시간가량을 할애한다. 조정을 할 때에는 의뢰인과 변
호사가 합의를 위한 전략을 짜기도 하고, 어떤 조건이 유리
한지 상의하기도 하는데, 이때 이야기를 나눌 기회가 많아
진다. 그래서인지 소송 기간 중 조정을 2회 이상 진행한 사
건의 경우, 의뢰인과 변호사가 왠지 계약 관계라기보다 지
인 사이처럼 가까워지곤 한다.

그중에서도 약 2년에 걸쳐 이혼 소송을 진행하며 여러

차례 조정을 함께해 마음속 이야기를 많이 나눴던 40대 후반의 의뢰인 D는 내게 남다른 기억으로 남아 있다. D의 결혼은, 내가 그의 사연을 듣고 "얼른 탈출하셔야 합니다"라고 했을 만큼 힘들었다. 그래서 이혼이 결정되고 난 후 D와 나는 정말 세상 후련함을 나누며 다시 한번 진한 동지애를 느꼈다.

D와는 심지어 지나가다 우연히 마주친 적도 있었다. 우리는 서로 너무 반가운 마음에 볼일을 미루고 잠깐 커피를 한잔하기로 했다.

"……그렇게 혼자 지내고 싶다고 하셨었잖아요. 진짜 혼자 생활해 보니까 어떠세요?"

당연히 "저, 너무 마음 편하고 행복해요"라는 대답을 기대하고 한 질문이었다. 그런데 D는 겸연쩍어하며 전혀 예상치도 못한 말을 꺼냈다.

"글쎄요. 좋은 점이야 당연히 있는데 난감할 때도 많더라고요. 이혼한 걸 가족이랑 몇몇 지인한테만 말했거든요. 축하는 못 받아도 위로는 받을 줄 알았는데, 생각보다 사람들이 참. 아이 생각 안 하냐면서 애 아빠랑 재결합하는 게 어떠냐고 하질 않나, 언제까지 혼자 있을 생각이냐 새로운 사람 만나서 재혼해야 하지 않겠냐고도 하고요."

와, 정말 듣는 나조차 당황스러웠다. 그렇게 지옥 같던 결혼 생활을 겨우 끝내고 이제야 조금 숨통을 틔운 사람한테 저렇게 말하는 이들이 진짜로 있다니. 그런데 의뢰인들의 이야기를 듣다 보면 생각보다 이런 이들이 적지 않은 것 같다.

생각해 보면, 참견쟁이들은 언제나 있었다. 나만 봐도, 20대 중반이 지나고부터 "결혼 언제 해?"라는 질문이 계속 따라왔었다. 비교적 일찍 결혼한 편인데도 신혼 초부터 "아이 소식은 없어?"란 질문이 수시로 훅훅 치고 들어왔고, 첫 아이를 낳고 나서 한숨 돌렸더니 "둘째는 언제?"란 질문이 곧바로 밀고 들어왔다. 기다리던 둘째를 낳고 행복해하고 있는데, "그래도 딸은 하나 있어야 하지 않나?"라는 말이 기다렸다는 듯이 툭 튀어나온다. 아마 딸만 있는 사람은 "아들이 있어야 든든하지"라는 말을 듣게 될 것이다.

이런 질문들이야 뭐, 할 수 있다고 생각한다. 딱히 할 말이 없어서 던진 질문일 수도 있고, 아주 친한 사이에서 상대에 대한 관심의 표현으로 꺼내는 말일 수도 있으니까. 그런데 재결합이라니, 재혼이라니! 이혼하고 나면 재결합이나 재혼까지 인생의 진도에 포함되는 걸까.

'결혼이라는 것 자체가 연인 관계보다야 훨씬 큰 책임과 구속력을 갖는 거니까, 또 둘 사이에 아이가 있으면 당연히 그런 말이 나올 수도 있지 않나.'

나 또한 변호사를 시작한 지 얼마 안 됐을 때는 이런 생각을 하곤 했었다. 부부 사이에 아이가 있으면 '저분들 화해하고 언젠가 꼭 다시 함께 살았으면' 하고 바랐다.

그런데 헤어지는 과정에서 부부 두 사람이 자책, 반성, 분노, 원망, 수용 등 정말 끔찍한 감정의 터널을 힘겹게 뚫고 나오는 모습을 지켜보며, 그런 생각이 조금씩 사라졌다. 부부가 이혼을 결정할 때에는 '내 목숨보다 사랑하는 자녀가 상처받을 수도 있다'는 것을 충분히 생각하고 이미 필수 옵션으로 선택하는 것이다. 아이에게 양치질을 해주다가 실수로 조금의 상처라도 입히면 자책감에 괴로워하는 것이 보통의 부모다. 그런데 하물며 내 아이의 마음에 깊은 상처를 낸다는 옵션을 자기 손으로 선택할 때에는 어떻겠는가. 이 정도면 거의 대부분 '살기 위해서' 선택하는 것이다. 생존에 가까운 문제라는 거다.

상담하다 보면 같은 사람과 혼인 신고를 두 번, 더 많게는 네 번까지 하는 사람들을 보게 된다. 십중팔구 자식 때문이다. 힘들게 이별했지만 자식 때문에 다시 합치고, 똑같은 고통이 반복되어 다시 이별을 결심하고, 또 재결합하고. 이 과정에서 아이가 겪어야 할 혼란은 얼마나 클까.

어렵게 이별을 선택했다 하더라도 멋지게 일어나서 내 아이에게 크나큰 정신적 울타리가 될 수 있도록 살아내는 것. 전 배우자와 다시 잘해보는 것보다 든든한 부모로서 세상에 오직 하나뿐인 내 편이 되어주는 것. 아이는 이런 부모를 바랄 것이다. 또 하나.

아이 앞에서 서로를 비난하지 않음으로써
아이에게 부모 모두를 사랑할 자유를 주는 것.
이것이야말로 이혼한 부모가
아이에게 줄 수 있는 가장 큰 선물이다.

연인과 헤어졌을 때의 기억을 더듬어보자. 친구나 가족이 어떤 말로 위로를 건넸었는지 떠오를 것이다.

"세상에 널린 게 남자/여자야." "좋은 경험했다 쳐. 늦기 전에 여기서 끝낸 게 다행이야." "넌 더 좋은 사람 만날 거야. 그럴 자격 있어."

우리 주변에는 이별 상대를 잊고 앞으로 나아갈 수 있도록 참 예쁘고 고마운 말을 해주는 사람들이 꽤 많다. 그런데 정작 부부관계가 끝났을 때에는 이런 말을 해주는 사람이 많지 않다.

"우리 때는 그 정도로 이혼 꿈도 안 꿨어." "참, 요즘 애들은 경솔하고 이기적이야." "자식을 생각하면 네가 그럴 순 없지." "어차피 다른 사람 만나봐야 그 사람이 그 사람이라고."

자식의 이혼을 두 팔 들고 기다렸다는 듯 환영할 사람이 없는 건 당연하지만 자식이 차마 다 말하지 못한 긴 고통의 터널을 통과해 이제야 자기 자신을 위한 선택을 했다는데도, 내 앞에서 다 큰 성인 자녀의 '등짝'을 때리며 미쳤냐고 말리는 부모님들이 너무 많다. 어떤 부모에게는 가족의 해체란 그 어떠한 경우에도 용납할 수 없는 것이다. 심지어 자녀가 배우자에게 심각한 폭행을 당해 얼굴에 멍이 든 채 찾아와도 이혼은 안 된다는 부모도 있다. 사위 또는 며느리가 외도를 저질러도 무조건 참으라고 하는 부모도 있다. 그런 모습을 볼 때면, 자신을 보듬고 응원해 주지 않는 부모에게서 또 다른 상처를 받는 것까지 이들이 감당해 내야 할 몫이라는 게 어쩐지 부당하게만 느껴진다.

몇 년 전, 내 가족 중 한 명이 이혼을 결심했다. 그는 "힘들면 이혼해" 또는 "이혼해 봐야 좋을 거 없어. 그냥 버텨" 등 이미 결론을 정하고 조언을 해주는 사람들이 주변에 많다며 괴로워했다. 그런 말을 듣고 있자니, 매일 일터에서 이별 결심을 들어온 나조차도 뭐라고 조언해 주어야 할지 막막했다.

그때 나를 찾아왔던 의뢰인의 가족들을 떠올렸다. 한없이 위로가 되어주는 가족들이 더 많았지만 해결책도 없는데 무조건 나무라거나 의뢰인의 이혼을 대놓고 창피스럽다고 하는 가족들까지, 참 다양한 모습이 머릿속을 스쳐갔다. 나는 무슨 말을 해줘야 하고 또 해주지 말아야 할까. 한마디 한마디가 어렵고 마음 쓰이는 날이 이어졌다.

"할 수 있는 노력은 다해봐. 그 후에 한 선택은, 다들 절대로 후회하지 않더라고."

내가 해줄 수 있는 조언은 이것뿐이었다. 그 밖에는 주로 조용히 이야기를 들어주고 힘들어할 때마다 가만히 위로해 주려고 애썼다.

그렇게 1년이 흘렀다. 그는 "네 말대로 할 수 있는 노력과 시도는 다 해봤고 상대에게 조금의 미련도 남지 않는 순간이 왔어"라고 했다. 상대의 말 한마디 한마디, 아니 행간의 의미까지 수백 번 고민하며 내린 결론은 '이 사람과 더는 함께 살 수 없다'는 것이라고 했다.

그것은 관계의 끝이긴 했지만,

제대로 된 이별의 완성이기도 했다.

그 후 시간이 훌쩍 더 흘렀다. 이제 그는 이전과 완전히 다른 사람의 얼굴을 하고 있다. 혈색도 밝아졌고, 몸과 마음의 여유도 더 많아졌다. 직장에서 승진도 했다. 무엇보다, "지금 너무 행복해"라는 말이 종종 터져 나온다. 이제, 그는 결혼 생활에서 좋았던 기억과 고통스러웠던 기억이 모두 공평하게 머릿속에 남아 있다고 말한다.

이별은, 뜨겁게 관계를 시작했고 최선을 다해 그 관계를 지켜왔으나 서로의 다름을 극복하지 못하고 각자의 길을 가기로 한 사람들이 맺는 또 하나의 약속이다. 누군가에게는 이것이 인생의 관문이며, 홀로서기의 시작이고, 자기 자신을 사랑하기 위한 첫걸음이다.

그러니, 노력 끝의 이별은 응원받아야 마땅하다. 이전 배우자와 다시 잘해봤으면 좋겠다는 말, 새로운 사람 만나서 재혼하길 바란다는 말은 이제 제발 넣어두시고 마음속으로만 생각하시길 바란다. 다시 잘해볼 사람은 그런 말을 해주지 않아도 다시 잘될 것이며, 새로운 사람을 만나서 결혼을 다시 할 수 있을지 그렇게 한 결혼이 행복할지는 아무도 모를 일이니 말이다.

인생의 행복은 '결혼'으로만 이룰 수 있는 것이 아님을,

우리는 이미 잘 알고 있다. 다 안다고 하면서도 여전히 오지랖 심한 사람들이 많은 걸 보면 '결혼 안 할 권리' '혼자서 행복할 권리' '생판 남이나 반려동물과도 가족을 구성할 권리' 등 다양한 자유를 법으로 명문화해야 하는 것 아닌가 하는 자조 섞인 한탄마저 나오곤 한다. 이제 그냥 연애하다 헤어진 사람들에게 말하듯이, 부부로 지내다 관계를 정리한 사람들에게도 "큰 경험 했네. 너무 고생 많았다" "이렇게 힘든 일도 이겨냈는데, 넌 더 강해지고 멋있어질 거야"라고 이야기해 주면 어떨까. 딱 거기까지만.

나와의 관계를
아름답게。

"변호사님은 스트레스를 어떻게 푸세요?"

인터뷰할 때마다, 지인과 친구들에게, 가끔은 의뢰인들에게도 이런 질문을 종종 듣는다. 이혼 변호사라는 직업이 스트레스가 커 보여서인지, 내가 일과 육아를 병행하는 워킹 맘이라서인지는 잘 모르겠지만 아무튼 비슷한 질문들을 받다 보니 나도 궁금해졌다.

'내가 스트레스를 어떻게 풀더라?'

한참 머리를 굴려본 끝에 발견한 내 답은 이거였다. 바로 '혼밥.'

나는 변호사가 되자마자 강제로 '프로 혼밥러'가 되어야 했다. 로펌은 일반 직장처럼 일하다가 점심시간이 되면 다 함께 밥을 먹으러 가는 분위기가 아니다. 변호사들은 대부분 각자 다른 지역의 재판에 출석하기 때문에 시간을 서로 맞추기가 힘들다. 거기에 늘 사람을 상대하는 직업이어서인지 점심시간만큼은 혼자 있고 싶어 하는 것 같기도 하다.

6~7년 차까지만 해도 나는 밥을 제대로 챙겨 먹는 일이 드물었다. 사건에 대한 부담감 때문에 마음에 여유가 없어서, 차로 이동하며 김밥 몇 개 입에 욱여넣는 식으로 끼니를 때우곤 했다. 아예 식사를 거르는 일도 부지기수였다.

그러다 어느 정도 경력이 쌓이자 부담감도 줄어들고, '다 먹고 살자고 하는 일인데, 내가 왜 이러고 사나' 하는 생각도 들고, 무엇보다 잘 먹지 못하니 건강도 나빠지고 체력도 부치는 게 느껴졌다. 그래서 되도록 짬을 내어 제대로 식사를 하기로 다짐했다.

요새는 재판과 재판 사이에 시간이 좀 길게 뜨거나 이동 시간이 짧을 때는 그렇게 행복할 수가 없다. 근처 맛집을 검색해 찾아가서는 혼자 2인분을 시켜서 한 시간 동안 여유 있게 식사를 하기도 한다. 좀 더 시간이 있을 때는 예쁜 카페에 가서 분위기를 즐기며 커피도 한잔 마신다.

식사를 제대로 하기 시작하자, 건강도 다시 좋아지고 일할 때 에너지도 더 많이 올라오는 게 느껴졌다. 무엇보다 먹는 것이 기분에 꽤 큰 영향을 미친다는 것을 알게 됐다. 그래서 사건이 패소해 마음이 착잡할 때는(애초에 패소할 사건이었다 해도, 막상 그런 결과가 나오면 변호사는 대역죄인이 된다) 소화가 잘되는 죽집이나, 스무디집에 가서 쓰린 속을 달랜다. 줄줄이 상담이 잡혀 목이 칼칼하도록 말을 많이 한 날에는 고기를 구우러 가서 지친 몸과 마음을 든든하게 보충한다. 크게 승소한 날이나 의뢰인의 말 한마디에 큰 보람을 느낀 날에는 고급 브런치 카페나 파인다이닝을 찾아 그날의 일을 기념하고 그 기분을 박제하려 한다.

차에서 물도 없이 김밥 한쪽 먹다가 재판에 뛰어 들어가고, 쉴 새 없이 전화 받고 서면을 쓰다가 지금이 몇 시인지도 모른 채 퇴근해 밤 아홉 시가 넘어서야 치킨을 시켜 먹고. 그때 그 치킨이 지금도 가끔 생각난다. 정말 바쁘게 살며 스스로 성장하기 위해 최선을 다했던 그 시절, 치킨은 내가 나에게 건네던 뿌듯한 보상 같은 거였다. 그래서인지 요즘도 치킨만 보면 가끔 아련한 기분이 든다.

이제는 그렇게 살았다간 내 몸이 견디질 못한다는 걸 안다. 그래서 치킨도 좋지만, 정말 내 몸에 좋고 맛도 좋은 음식을 찾아 잘 챙겨 먹으려고 애쓴다. 단지 연료 역할만 하는 음식들, 그러니까 인스턴트 음식 같은 것 말고, 내게 꼭 필요한 영양소를 공급해 주고 건강도 지켜줄 그런 음식들 말이다.

이런 음식들은 몸에도 좋지만, 마음에도 큰 영향을 준다. 혼자 좋은 분위기에서 잘 차려진 맛있는 밥을 먹고 나면 말할 수 없이 뿌듯해질 때가 많다.

'아, 오늘 난 내게 좋은 일을 하나 했구나.'

이런 생각이 드는 것이다.

그래서 기분이 안 좋은 날에는 더더욱 내 몸에 안 좋은 술 대신 이렇게 건강하고 좋은 음식을 더 찾아 먹으려고 노력한다.

너무 바쁜 하루하루를 지내다 보면, 우리는 정작 자기

자신에게 집중하지 못하게 될 때가 많다. 내 기분보다 타인의 기분을 신경 쓰고, 가족의 몸을 돌보느라 내 몸을 돌보는 것은 잊는다. 일에 파묻혀 일상을 잃어버릴 때도 많다.

그러나 이렇게 오래도록 나 자신을 잘 들여다보지 못하면 몸에든 마음에든 탈이 나고야 만다.

우리가 가장 아름답게 가꿔가야 할 관계는

바로, 나 자신과의 관계인데 말이다.

경험상, 내 스트레스는 나와의 관계가 조금 불안정해졌을 때 잘 조절되지 않고 날뛰었던 것 같다. 이럴 때 나 자신을 위해주면서 나와의 관계를 복원하는 가장 기분 좋은 방법이 내게는 혼밥인 것이다.

친구들에게도 이런 것이 있느냐고 물어봤다. 누군가는 그것이 쇼핑이라고 했고(자신의 경제적 능력을 뛰어넘는 과소비는 조심해야겠지만, 가끔 나를 위한 작은 선물 정도는 괜찮지 않을까), 누군가는 그것이 집 꾸미기라고 했다. 누군가는 예쁜 잠옷을 입고 좋은 향기를 맡으며 푹 자는 거라고 했다.

"글쎄, 그런 게 있나. 잘 모르겠는데."

이렇게 말하는 친구일수록, 스트레스 관리도 잘 안 된다고 하더라.

자, 그러니 여러분도 여러분만의 '혼밥' 같은 이벤트를 꼭 만들어 보셨으면 좋겠다.

나를
연민해 주세요.

변호사와 의뢰인의 계약 관계는 보통 1년 정도 이어진다. 그 기간 동안 아무 문제없이 관계를 잘 유지해 나가는 방법을 궁리하다 보니 상대가 어떤 사람인지 파악하는 나만의 기준이라고 해야 할까, 그런 것이 생기게 됐다. 아마도 많은 사람을 만나 이야기를 나누면서 자연스럽게 그런 기준을 세운 것 같다. 물론 사람마다 중점적으로 보는 것이 무엇인지는 다를 테니, 이건 어디까지나 내 기준이라고 해야 할 것이다.

　나는 사람을 성향에 따라 세 유형으로 나누어 보는 편이다. 첫 번째는 '목표 지향형'이고, 두 번째는 '감성형'이며,

세 번째는 '동정과 연민형' 정도 되겠다. 참고로, 나는 타고 나길 두 번째 유형의 사람이었지만, 직업적인 경험과 환경에 따라 첫 번째 성향이 많이 계발되어, 이제는 첫 번째 유형과 두 번째 유형 중간에 걸쳐 있는 사람이라고 할 수 있다.

이 세 유형은 각각 어떻게 성향이 다를까. 결혼 생활 중 힘들었던 이야기, 앞으로의 계획 등을 주제로 약 한 시간가량 상담을 한 후, 의뢰인들이 마지막으로 하는 이야기를 들어보면 정확히 알 수 있다.

"변호사님, 제 말 제대로 이해하셨죠? 그럼 꼭 그런 결과가 나오도록 잘 부탁드리겠습니다."

첫 번째, 목표 지향형이다. 두 번째, 감성형은 이렇다.

"(울면서) 저는 더 못 하겠어요. 인연이 여기까지인가 봐요. 잘 정리해 주세요."

자, 여기까지는 짐작할 수 있는 반응이다. 그렇다면 '동정과 연민형'은 어떨까.

"저 너무너무 불쌍하지 않아요? 변호사님이 다 알아서 해주실 거라 믿어요."

첫 번째 '목표 지향형'인 이들은 상대와의 관계에 최선을 다하지만 막상 이별을 결정하고 나면 뒤돌아보지 않는 편이다. 소송 도중, 상대가 아무리 사과하고 매달려도 이들은 한번 마음의 문을 닫으면 결코 다시 열지 않는다. 변호사의 업무 범위도 정확히 이해하고 있어서 그 이상 요구하지 않고, 정서적인 관계 또한 바라지 않아서 변호사 입장에서는 일하기 편하다.

다만, 이들의 배우자로부터 받은 서면에는, 이들이 결혼 생활을 하면서도 태도가 너무 차갑고 사무적으로 느껴져 힘들었다는 이야기가 자주 등장한다. 열심히 살고 늘 멋진 사람으로 평가받지만, 모든 행동과 평가가 자기 방식과 자기 기준에 맞춰져 있다 보니 상대의 마음을 잘 헤아리지 못하는 것이다.

직장에서도 이런 이들을 종종 만나보았을 것이다. 일은 정말 잘하지만 사적인 친분은 쌓으려 하지 않고, 오랜 시간 함께 일했어도 인간적으로 친해졌다는 느낌은 조금도 들지 않는 사람. 담백한 관계가 지속되다 보니 피로도가 덜하고, 얕은 관계로 꽤 오래갈 수도 있는 사람. 그러나 둘 중

한 명이 직장을 그만두고 나면 두 번 다시 보지 못할 것 같은 사람.

두 번째 '감성형'은 결혼 생활을 하며 분쟁을 피하고 싶어서 최대한 '좋게, 좋게' 어려움이 있어도 혼자 감수하며 지내오다가, 어느 순간 인내심의 한계에 부딪쳐 관계를 내려놓으려는 경우가 많다. 정도 많고 여리고 싫은 소리 잘 못 하는 사람들이 대부분 이 유형에 속한다. 이들은 상대가 엄청난 잘못을 저질렀다 하더라도 진정 어린 사과에 큰 의미를 두기 때문에, 소송 중에 상대가 사과를 해오면 마음이 열려 다시 관계를 지속하기로 결정하기도 한다. 변호사와도 업무적인 관계를 넘어 인간적으로 잘 지내려 애쓰는 스타일이다.

이들은 누군가에게 상처 주지 않으려고 애쓰는 성향이다 보니, 상대와 부딪쳐 가며 상처를 주고받는 것을 극도로 두려워한다. 이런 이유로, 일찍 관계를 내려놓곤 해 안타까울 때가 많다. 친구나 연인 관계에서 이런 이들을 많이 보았을 것이다. 어떤 일이 있어도 내 편이 되어줄 것 같던, 가족처럼 사이가 깊었던 친구가 어느 순간 내가 뭘 잘못했는지도 모른 채 멀어진 일이 있었다면 그 친구가 이런 유형이었을 가능성이 크다.

문제는, 세 번째 '동정과 연민형.' 그간 일하면서 가장 어렵다고 느꼈던 유형이다. 의뢰인이 원하는 대로 소송 결과를 낼 수 없을 거란 판단이 들어, 그 이유와 법의 한계를 설명하면 이들은 화를 내며 이렇게 따진다.

"변호사님은 내가 불쌍하지도 않아요?" "판사님한테 내가 얼마나 불쌍한지 잘 설명하면 될 거 아니에요."

같은 이야기를 두 시간째 반복하고 있어, 쟁점을 추리기 위해 설명을 꺼내면 그저 말을 끊는다며 분노한다. 잠깐 보면 강한 것 같지만 사실 속은 너무 여려서 타인에 대한 의존도가 심하다 보니 함께 상담을 와준 가족들도 "우리도 쟤한테 지쳐요"라며 오히려 내게 하소연하곤 한다.

그렇다면 이들은 정말 답 없는 유형일까. 자꾸만 짜증을 부리며 자신을 불쌍히 여기지 않는다고 우기는 이런 사람을 만나면, 나도 처음에는 너무 지치고 화가 났었다. 그러나 이들의 이야기를 처음부터 잘 듣다 보니, 오히려 이들이 가족을 위해 오랫동안 희생해 온 경우가 많다는 것을 알게 됐다. 평생 가족만 바라보고 살았는데 누구에게도 동정받지 못하는 현실이 이들을 너무나 힘들게 하는 것이다. 이들은 인생에 '자기 것'이라고 할 만한 부분이 없고, 오랜 시간 가족을 위해 희생해 오다 보니 자기를 위해 사는 게 어떤 것인지조차 모를 때가 많다. 그래서 누군가 매 순간 함께해주기 바라는 마음이 채워지지 않으면 본의 아니게 자꾸만 말로 누군가를 공격하고 괴롭히게 된다. 그 누군가가 가족이든 변호사이든.

이 사실을 알아차리고 나니, 이들을 지켜보는 마음이 무척 아팠다. 정말이지, 이들의 인생을 복기해 보면 '세상에, 저렇게 가족만을 위해 24시간을 사는 게 가능할까' 싶을 만큼 개인 시간, 취향, 아니 인생 자체가 없다. 자의에 의해 이렇게 살아온 이도 있지만, 대부분은 사회적 시선이나 타인의 강요로 인해 그렇게 살아온 이들이다. 이들의 이야기를 듣다 보면 눈물이 안 나기 힘들다.

'우리가 이전 세대에 정말이지 큰 빚을 졌구나. 나도 수십 년 일찍 태어났더라면 그렇게 살았겠지.'

이런 생각을 참 많이 했다. 죄송하고, 고맙고, 안타깝다.

그런데 지난 삶보다 더 안타까운 것은 앞으로의 삶이다. 마음속에 화가 많이 쌓여서, 희생적으로 살아온 세월이 너무 억울해서, 이들은 앞으로의 삶을 건강하게 설계하지 못한다. 이별을 무조건 '버림받는 것'으로 인식하고 스스로를 괴롭힌다. 그렇다 보니, 다시 일어나는 데 많은 시간이 소요되고, 때때로 이별 직후 급하게 누군가를 만나기도 한다.

이들은 이혼 소장을 받아올 때, 즉 이별을 먼저 통보받을 때 '내가 그동안 어떻게 살았는데'라고 생각하며, 삶을 그만두고 싶을 만큼 극도의 허무함을 느낀다. 본인이 먼저 이별을 결심하고 통보하는 것도, 이별 이후의 삶을 잘 계획하기 위해서가 아니라 상대가 나를 잡아주길 바라는 마음, 좀 더 크게 화를 표현하고 싶은 마음에서일 때가 많다. 그리고 상대방, 자녀, 지인, 심지어는 변호사와 재판부에게도 소송 기간 내내 화를 내며 본인이 정작 하고 싶은 이야기는 하지 못한다.

이처럼, 누군가에게 연민과 동정을 구하는 사람은 보통 모진 시대와 개인적 환경으로 인해 자기 자신을 완전히 잃고 어쩔 수 없이 마음의 병이 생긴 경우가 많다. 물론 그저 성향 자체가 그런 사람도 없진 않다. 극도의 자기 연민에 빠져 있는 이들 말이다. '아, 내 주변에 그런 사람 있는데' 하는 생각이 든다면, 미안하지만 그 전에 내가 혹여 이런 성향의 사람은 아닌지 먼저 곰곰이 생각해 보았으면 한다.

누군가가 자꾸만 나를 불쌍히 여겨줬으면 좋겠는가? 나를 동정하는 눈빛을 사랑으로 착각한 적은 없는가? 상대의 말과 행동에 자주 상처받는다고 느끼는가? 그렇다면 내가 사랑이 아닌 연민을 구하고 있는 것은 아닌지, 또는 그저 '버림받는 것이 두려워' 상대와의 관계를 어쩔 수 없이 이어가고 있는 것은 아닌지 잘 들여다보아야 한다.

상대에게 연민과 동정을 얻고 싶어 하는 것은 나 자신을 상대에게 종속시키려는 마음이기에 오래가지 못한다. 지반이 약한 땅에 건물을 짓는 것과 다르지 않다고 해야 할까. 아무리 좋은 사람을 만난다 하더라도 이별은 생각보다 훨씬 빠르게 찾아올 것이다. 그러니, 이런 이들은 누군가와 관계를 시작하기 전에 좀 더 열심히 나 자신을 천천히, 정성스레 보살필 필요가 있겠다.

세 번째 '동정과 연민형'을 가장 자세히 설명한 이유는, 이들에 대해 하나같이 '무조건 피하라'라는 말만 많이 들어서다. 힘든 시절을 지내온 우리네 어머니 중에 이런 분들을 특히 많이 보게 된다. 그런데 이들의 희생적인 세월을 이해하지 못하고, 그저 말이 통하지 않고 지금 당장 답답하다면서 무조건 피하기만 하는 게 맞을까. 나는 아니라고 생각한다.

물론 이들도 노력은 필요하다. 나는 이들에게 누구 앞에서든 당당한 자신을 찾으라고, 그러기 위해 무엇이든 혼자하는 연습을 해보라고 이야기한다. 나한테 화를 내든 말든, 지치지 않고 만날 때마다 계속 반복해서 말한다. 홀로 단단히 설 수 없으면 이별과 상관없이 이들의 삶은 전혀 달라지지 않을 테니 말이다.

이런 유형을 친구나 가족으로 둔 사람이라면 어떨까. 힘들지만, 내가 이들에게 반복하는 말들을 해줘야 할 것이다. 이들 때문에 당장 미쳐버릴 것 같다면 당분간 거리를 두어야겠지만, 어쨌든 이들을 포기하지 않길 바란다. 각오한 것 이상으로 긴 시간이 걸릴 수도 있다. 노력해도 안 된다는 생각에 좌절스러울 수도 있다. 그러나 이런 과정을 힘겹게 거쳐 조금씩 변모해 가는 사람들의 모습을 나는 적지 않게 보았다.

"사람은 안 변해" 같은 오만한 말에 속지 말기를.

생각보다 사람은 강하다.

그리고 유연하다.

결혼은
언제 해야 할까。

"변호사님, 결혼은 언제 해야 할까요? 이 사람이다, 이런 확신이 100퍼센트 들었을 때 해야 하는 건가요?"

결혼을 고민하는 이들은 처음 나를 만나면 반갑다는 듯이 꼭 이런 질문을 던진다. 예식장까지 잡아둔 상황인데도 여전히 결혼이란 게 인생에 꼭 필요한지 망설여진다며 고민을 털어놓은 사람도 있었다. 그런 말을 하도 많이 듣다 보니, 사람들이 내게 어떤 대답을 기대하는 걸까 생각하기도 했다. 어쩌면 자기 마음속에 답은 이미 정해놨고, 내 입을 통해 그 답을 듣고 싶어 하는 건 아닐까. 그런데 정말 결혼은 언제 해야 하는 거지?

상대에 대한 확신이 강할수록, 상대가 없으면 못 살겠다는 생각이 들 만큼 애정이 깊을수록, 결혼 생활이 더 안정적일 것이라 생각하는 이들이 많다. 그런데 놀랍게도, 현실은 대체로 그와 정반대다. "꼭 지금 결혼하진 않아도 될 것 같은데 그렇다고 결혼 안 할 이유도 없어서 결혼했어요"라고 말하는 사람들 중에도 행복하고 안정적인 결혼 생활을 하는 이들이 있는가 하면, "이 사람 아니면 안 될 것 같아서 얼른 식부터 올렸죠"라고 말하는 사람들 중에도 결혼 후 얼마 되지 않아 이별을 결심하는 이들이 있는 것이다.

"제가 그 사람을 너무 많이 좋아했어요. 그렇다 보니 늘 맞추는 건 제 쪽이었죠. 자칫 잘못하다가 그 사람을 잃을까 봐 무서웠거든요."

내 의뢰인들 중 이렇게 말하는 이들이 정말 부지기수다. 연애를 하다 보면 두 사람의 마음이 완전히 같을 수 없다. 마음의 저울은 늘 한쪽으로 기울게 마련이다. 기우는 쪽이 내가 될 때, 우리는 상대의 마음이 달아나지 않게 하려고 더 노력하고 애쓰게 된다. 그러다 왠지 내가 손해 보는 느낌도 들고, 상대가 내 노력만큼 나를 아껴주는 것 같지 않다는 생각이 들면 억울한 마음도 든다. 그렇게 점점 섭섭한 마음이 눈덩이처럼 커지다가 급기야 한순간 터져버리고 만다. 이로 인해 관계가 끝나든지, 새로운 국면으로 접어들든지 둘 중 하나가 된다.

이런 결말은 오히려 긍정적이다. 문제는, 섭섭한 마음을 꾹꾹 참으며 그 사람을 놓치기 싫은 욕심에 그 상태 그대로 결혼할 때다.

결혼이란 연애의 종착역이 아니라
연애의 기나긴 다음 무대라는 점을 까맣게 모른 채.

연인이 배우자가 된다고 해서 해결되는 건 아무것도 없다. 오히려 연애하며 불거졌던 문제들이 더 도드라지게 나타날 뿐이다.

결혼 생활 만족도가 높은 사람들에게, 결혼을 결심할 당시 어떤 마음이었느냐고 물어보면 대부분 이렇게 이야기한다.

"뭐, 저는 결혼하든 안 하든 크게 상관이 없었어요. 그래도 함께해 온 관계가 소중해서 계속 지켜가고 싶다는 마음이었죠. 그래서 결혼한 거고요."

관계란 참, 양날의 칼날 같아서 더 애틋하고 의지하는 관계일수록 서로를 더 아프게 하는 것일지도 모르겠다.

이런 모습을 오래 지켜봐온 나는, 이제 누구와 어떤 마음으로 결혼해야 하느냐는 질문을 받으면 이렇게 답변한다.

"사람마다 생각이 다를 수 있겠죠. 그래도 한 가지 확실한 건 있어요. 혹시, 상대가 나를 사랑하거나 존중하지 않는 것 같은데 그래도 이 사람을 놓치고 싶지 않고, 행여 이 사람을 잃으면 내 인생이 끝날 것 같다는 생각이 드세요? 그럼 결혼에 대한 결정은 미루는 게 좋습니다."

옆에 있는 사람이 꼭 내게 필요하다기보다는 어쩌면 내가 이 관계에 길들여져 있거나, 내 마음이 어딘가 외롭고 불안해서 드는 생각일 수 있기 때문이다. 불안한 상황에서 내리는 결정은, 보통 그 불안을 없애주기는커녕 도리어 키울 때가 많다. 그럴 때는 중요한 결정을 잠시 보류하고, 스스로에 대한 확신이 들 수 있도록 자신에게 좀 더 집중하고 투자하라고 이야기하고 싶다. 지금 나이가 어떻든 상황이 어떻든 신경 쓰지 말고 말이다.

여기까지 말했는데도 여전히 결혼할 타이밍에 대해 묻는다면, 이렇게 말해주고 싶다.

"지금 옆에 있는 사람과 결혼해도 좋겠지만, 결혼하지 않아도 괜찮겠다는 생각이 들 때요. 혼자서도 잘살 수 있겠다 싶으면, 그때 결혼하세요."

내가 먼저 꿋꿋이 서야 결혼 생활도 중심 잡고 잘 해나갈 수 있는 법이니까.

물론 관계란 혼자 노력한다고 해서 되는 문제가 아니다. 함께하는 시간은 길고, 그 긴 세월 동안 상대가 변심할 수도, 외부적인 변수가 끼어들 수도 있다. 그렇다 해도, 애초 결혼과 비혼이란 동등한 두 선택지 중 하나를 주체적으로 선택했던 경험이 있었기에, 누구를 원망하게 될 일은 적어지지 않을까. 또, 자신이 혼자 살아도 잘살 거란 걸 알고 있는 사람이라면 스스로를 다치게 할 가능성도 적을 것이고.

그렇다. 나는 '혼자서도 행복할 수 있을 때' '인생에 결혼이 딱히 필요하지 않을 때' 결혼들 하시라고 권한다.

내가 나를
좋아해 줄 때。

스물세 살 때였다.

　내가 나 자신에게 걸었던 기대는 번번이 좌절되고, 내 미래는 점점 불확실한 동굴 속으로 걸어 들어가고 있었다. 이렇게 살면 안 되는데, 이제 변해야 하는데, 하면서도 현실의 나는 그저 무기력하기만 했다. 이런 내가 그렇게 싫을 수 없었다.

　그러던 어느 날, 학원에서 공부를 마치고 집으로 가던 중 너무 춥고 배가 고파서 바로 눈앞에 보이는 한 설렁탕집에 들어갔다. 서둘러 자리를 잡고 "설렁탕 하나요!"를 외치고는 얌전히 음식이 나오기를 기다렸다. 그런데 문득 그런 생각이 드는 것이다.

'내가 이걸 먹을 자격이나 있나.'

갑자기 왈칵 눈물이 솟구쳤다. 한번 솟은 눈물은 그칠 줄을 몰랐다. 그사이 설렁탕이 나왔고, 나는 사람들이 행여나 나를 이상하게 쳐다볼세라 고개를 푹 숙이고는 목구멍으로 꾸역꾸역 뜨거운 국밥을 밀어 넣었다.

'내가 이걸 먹을 자격이나 있나.'

설렁탕을 마시듯이 먹고 식당을 나와 거리를 걷는데, 이번에는 내가 이런 생각을 했다는 사실이 머릿속을 떠나지 않았다. 충격이었다. 나는 나를 참 좋아했던 사람이기 때문이다.

갑자기 어린 시절 부모님께 칭찬받던 순간들, 친구들이 나를 필요로 하던 순간들이 떠오르면서 왜 내가 이런 지경이 된 건가 하는 생각에 서러움이 복받치기 시작했다. 나는 그렇게, 길거리에서 또 한 번 엉엉 울었다. '앞으로 내가 다시 나 자신을 좋아할 수 있을까' 두려워하면서.

스물 세 살의 나는 이랬다.

나 자신을 제대로 알려고 하는 노력을 기울이기도 전에

(그래야 한다는 것조차 모른 채)

스스로에게 무리한 것을 기대하고,

기대했던 것과 내가 다른 모습을 보이면

스스로에게 실망하는 일들의 반복.

그때 나는 하고 싶은 건 많으면서 정작 '내가 정말 원하는 일이 무엇인지' '앞으로 내가 어떻게 먹고살 것인지' 같은 현실적인 문제에 대해서는 제대로 답을 찾지 못하고 있었다. 그저 여기저기 뭐 없을까 기웃거리는 나 자신에게 실망하는 날들의 연속이었다. 부모님이 내게 기대하는 것, 나 자신이 내게 기대하는 것 그리고 그것들과 현실과의 불균형 속에서 이러지도 저러지도 못하고 있는 내가 너무 답답하기만 했다.

그로부터 십수 년이 지난 지금은 어떨까.

나는 나와 다시 친해졌다. 이제 나는 더 이상 나에게 실망하지 않는다. 스물세 살 때보다 열심히 살아서, 목표를 이루어서, 경제적으로 더 여유가 생겨서 그런 것이 전혀 아니다. 그때도 나는 매일 나름대로 열심히 살았고, 단기 목표들을 이뤄내기도 했다. 게다가 생계에 대해 책임을 지고 있는 지금보다, 부모님의 용돈을 받아서 계획대로 사용했던 그때가 경제적으로(엄밀히 말하면 정신적으로) 훨씬 더 안정적이었다.

차이라면 이런 거다. 그때의 나는 내가 앞으로 '어떻게 살고 싶은지' 고민하지 않았다. 그저 '기자가 되어야지' '변호사가 되어야지' 등 무슨 직업을 가져야 하느냐에 대해서만 고민했고, 혹시라도 그것이 좌절될까 봐 전전긍긍했다. 하지만 지금은 이렇게 생각한다.

'관계 문제로 어려움을 겪는 사람들에게 조금이나마 도움이 되는 사람이 되어야지.' '좋은 위로를 해줄 수 있는 사람이 되어야지.'

물론 스물세 살 때 나는 정해진 직업이 없었고 당연히 미래는 불확실할 수밖에 없었다. 그러니 어떤 일을 하며 살지를 고민하는 것도 분명 필요했을 것이다. 아쉬운 건, 그때 내가 나를 좀 더 잘 알려고 하지 않았다는 점이다. 그랬다면 '약자의 편에 서는 기자가 되어야지' '위로의 힘을 믿는 변호사가 되어야지'라고 생각했을 텐데. 이렇게 좀 더 나를 닮은 꿈을 꾸면서, 좀 더 손에 잡히는 미래를 그려보 았을 것이다.

그러다 혹시라도 원하는 직업을 갖지 못했다면? 그래도 '약자의 편에 서는' '위로의 힘을 믿는'은 남으니까. 나는 분 명 훌훌 털고 여전히 비어 있는 그 뒷부분을 채우기 위해 알맞은 직업을 물색해 봤을 것이다.

내가 나를 잘 알고 좋아하기 시작하면 내게 실망할 일이 적어진다. 계획했던 것을 이루지 못한다고 해서 자신에 대 한 본질적인 믿음이 흔들리지는 않는다. 일이 잘 안 풀려도 '에이, 나는 이거 말고 다른 거 잘하니까' '이번엔 운이 좀 안 좋았네. 다음엔 다를 거야'라고 생각하게 된다.

하긴, 나도 이런 사실을 깨닫기까지 꽤 오랜 방황과 좌 절을 해야 했다. 어릴 때는 그저 한 살이라도 더 먹는 것이 싫었고 항상 쫓기는 듯한 기분이었다. 나를 잘 알고 사랑하 고 이해하고 믿게 되기까지, 내게도 적지 않은 세월이 필요 했다. 다른 사람과의 관계도 함께한 시간이 길어질수록 차차 깊어지듯이, 나와의 관계도 세월이 흘러감에 따라 깊어졌던 것이다.

내가 너무 마음에 들지 않았던 스물세 살의 나는 타인과의 관계에서도 서걱거리기 일쑤였다. 일방적인 애정을 쏟다가 혼자 지쳐버리기도, 내게 기대는 사람은 부담스러워 밀어내려고도 했다. 나조차 아낄 줄 몰랐던 나는 타인의 무게를 견딜 수 없었다.

이제야 알 것 같다. 스스로에 대한 기대와 실망을 반복하고, 타인에게 상처받고 치유받던 그 모든 시간이 지금의 나, 나를 정말 사랑하는 나를 만들어주었다는 것을. 또한 깨달았다.

내가 나를 잘 알게 되었을 때,

그렇게 잘 알게 된 나를 진심으로 좋아해 줄 때,

비로소 타인과의 깊이 있는 관계도 시작될 수 있다는 것을.

나를 사랑하지 못하면 내 옆에 어떤 좋은 사람이 있어도 잘 알아보지 못하는 법이다.

누군가와 지내는 것이 지치고 힘들다면, 다른 사람의 비판에 잠 못 이루는 날이 잦다면, 자책하거나 상대에게 날을 세우는 악순환이 반복되고 있다면, 어쩌면 그 사람과 나의 사이를 들여다보기 전에 나를 먼저 들여다볼 필요가 있을 것 같다. 그리고, 내가 무엇을 잘하는지조차 모르면서 무턱대고 계획하고 실패하고 실망하기보다는, 내 장점을 먼저 보면서 이것이 누군가에게 끼친 좋은 영향력이 있을지 생각해 보고, 스스로를 토닥이고 인정해 주었으면 한다. 그러다 보면 내 잘못을 인정하는 것, 타인에게 그에 대해 사과하는 것이 점점 더 쉬워질 것이다.

오늘도 나는 세상 그 누구보다 까다로운 나 자신에게 먼저 잘 보이고 인정받으려고 애쓴다.

홍콩이
내게 준 것。

스물여덟 살에 처음으로 돈을 벌기 시작했다. 그리고 그해,
나의 가장 친한 친구이자 멘토였던 아버지가 돌아가셨다.
아버지가 세상에 부재하는 현실도 견디기 힘든데, 처음 변
호사가 되어 회사에 적응하려다 보니 매일 정신이 반쯤 나
가 있는 상태였다. 늘 머리가 멍했다. 물론 내 꿈을 이뤄낸
것이 무척 기쁘고 설레기도 했지만, 마음에서 슬픔을 몰아
내는 것은 쉽지 않은 일이었다. 나는 이 슬픔을 들키지 않
기 위해 밖에서는 늘 안간힘을 써야 했다. 시도 때도 없이
몰려오는 슬픔을 꾹 참았다가 차 안에서, 화장실에서 엉엉
울기 일쑤였다.

이렇게 출근하는 매일이 긴장과 두려움의 연속이다 보니 늘 온몸에는 힘이 바짝 들어가 있었다. 그러던 중 처음으로 휴가를 받게 되었다.

'혼자 여행을 떠나야겠어.'

이 복잡한 현실에서 좀 벗어나 힘을 빼고 돌아올 필요가 있었다. 나는 급히 여행지를 정하고 비행기를 탔다.

그렇게, 내가 난생처음 홀로 떠난 여행지는 홍콩이었다. 여행을 혼자 간 것은 처음이어서, 스물여덟이나 되었으면서도 마음만은 열다섯 살 소녀만큼 걱정으로 가득했다.

홍콩국제공항에 도착해 무거운 짐을 질질 끌고 버스에 올랐다.

'내가 혼자 잘 해낼 수 있을까. 여기 치안은 좋나.'

차창 밖으로 보이는 홍콩의 밤 풍경을 즐길 새도 없이 버스는 숙소 근처 정류장에 다다랐다. 버스에서 내려 지도를 보며 더듬더듬 숙소를 찾아가는 이 상황이, 마치 아버지 없는 세상에서 변호사란 새로운 책임을 떠안고 우왕좌왕하는 내 상황과 비슷하다는 생각이 들어 기분이 이상했다.

심각한 길치인 나는(맹세코, 여태껏 나보다 심한 길치를 만나본 적이 없다) 공항에서 숙소까지 40분 정도 되는 거리를 무려 두 시간 반이나 걸려 도착했다. 마침내 숙소에 도착해 체크인을 하고 방에 들어가자 안도감이 몰려올… 줄 알았지만 아니었다. 여자 혼자 낯선 숙소에서 잠을 자야 한다는 게 자꾸 의식되어 공포심이 불쑥불쑥 올라왔고, 나는 몇 번이나 문을 열었다 닫았다 하며 망가진 데는 없는지 꼼꼼하게 확인했다.

내가 세운 2박 3일의 일정은 한 시간의 휴식조차 없이 온갖 계획으로 빼곡했다. 짐을 풀자 어느새 저녁 무렵이었지만, 나는 셔틀버스를 타고 나와 침사추이 거리로 향했다.

'뭐 하나라도 더 봐야지, 더 느껴야지.'

굳게 다짐하고는 일정 빡빡하기로 유명한 죽음의 유럽 패키지 여행마냥 돌아다녔다. 지금 생각해도 좀 웃긴데, 그날 나는 낮 열두 시쯤 기내식을 먹은 후 밤 아홉 시가 넘도록 밥을 먹지 않았다. 무려, 맛있는 음식 많기로 유명한 홍콩에서 말이다!! 그것도 맛있는 걸 엄청나게 좋아하는 내가!!!

숙제하듯이 돌아다니면서 계획했던 시간을 다 채운 나

는 아홉 시쯤 숙소로 돌아와 저녁을 먹었다. 그렇게 홍콩에 있는 동안 여자 관광객 혼자 밖에서 식사하는 게 너무 위험할 것 같다고 생각하며, 호텔 이외의 곳에서는 전혀 외식을 하지 않았다.

두 번째 날 아침, 나는 조식을 먹고 나서 배낭에 이것저것 잔뜩 쑤셔 넣고는 또 출근하듯이 셔틀버스를 탔다. 다시 침사추이 시내로 나가 전날처럼 많이도 걸어 다녔다. 침사추이에서 센트럴로 넘어가 관광객 필수코스인 피크를 구경하고, 또 아홉 시쯤 호텔로 들어왔다. 그리고 다시 호텔 식당에 가서 저녁을 먹었다. 호텔에서 조식을 먹은 후 약 열 시간 만에 무언가를 먹은 셈이다. 그사이 수십 킬로미터를 걸었으면서 밥은커녕 빵이나 음료 하나 사 먹지 않았던 것이다.

숙소에 도착해 가족, 친구 들에게 사진을 보내며 그날의 감상을 이야기했다. 너무 부럽다는 그들의 답장에 내심 뿌듯해하면서 그렇게 2박 3일의 짧은 여행을 마무리했다.

그 여행은 내게 무엇으로 남았을까. 지금 생각하면 그저 '나 홀로 여행'이라는 버킷리스트를 실현했다는 것, 딱 그 정도였던 것 같다. 그때 나는 내가 뭘 좋아하는지조차 잘 몰라서, 제대로 여행을 즐길 수 없었다. 숙제하듯이, 일하듯이, 그렇게 쫓기면서, 불안해하면서, 굶어가면서, 해치워낸 여행이었다.

그로부터 6년 후, 나는 다시 혼자서 홍콩을 찾았다.

6년이라는 시간 동안 나는 상실의 슬픔을 극복하는 법을 배웠고, 출산과 육아, 수천 건의 상담 등 폭풍 같은 경험을 해내며 나 자신을 좀 더 깊이 들여다볼 수 있었다. 그 결과 나 자신을 정말 잘 알게 되었는데, 이것이야말로 그 6년의 시간이 내게 준 가장 큰 축복이라고 생각한다.

이런 상태로 다시 찾은 홍콩은 내게 새로운 광경들을 보여주었다. 똑같은 2박 3일의 일정에, 똑같은 그때 그 숙소였지만, 6년 전의 유럽 패키지 여행 같은 코스를 준비하고 있진 않았다. 첫날은 시간이 늦어 전처럼 숙소에서 저녁을 먹었는데, 문득 6년 전 그날의 모습이 떠올랐다.

'유나야, 힘들었지. 고생 많았어.'

나도 모르게 그런 생각이 들면서, 지난 몇 년간의 일들이 하나하나 머릿속을 스쳤다.

평온했던 내 인생에 덜컥 찾아왔던 사랑하는 이의 투병과 죽음, 20대 후반까지 사회 경험 하나 없어 자신감 바닥이던 내게 맡겨진 무겁고 살 떨리는 변호사로서의 업무들, 나 하나 믿고 의지하던 수많은 의뢰인들 그리고 내 몸에서 피어난 생명체와 그 아이를 세상에 내보내느라 겪은 말할 수 없는 고통, 그 고통을 아무것도 아니게 만들어버린 극한 육아의 나날들.

확실한 건, 그 모든 일을 겪어낸 시간이 나에게 돈 주고도 살 수 없는 정신적인 여유와 자신감을 선사했다는 사실이었다.

넌 가족과 이별해 본 사람이잖아.

한 사람을 세상에 태어나게 하고, 키워낸 사람이잖아.

집에도, 회사에도 널 필요로 하는 누군가가 있잖아.

더는 네게 찾아오는 사건들을 두려워하지 않잖아.

그리고 이곳은 한 번 와본 곳이잖아.

내가 나에게 이렇게 말해주고 있었다.

그 여행에서, 나는 전과 달리 홍콩의 온갖 맛집들을 알뜰하게 찾아내어 행복하게 음식을 즐기고 다녔다(다음에 내가 또 혼자 홍콩에 간다고 하면, 그건 무조건 토스트와 딤섬, 완탕면을 먹으러 가는 것이다). 홍콩의 합석 문화에도 곧 익숙해져, 현지인들과 시덥잖은 대화를 나누며 즐거워했다. 시간에 쫓기듯이 미션을 완수하듯이 여행하지 않았고, 누구에게 보고하듯이 주변에 사진을 보내며 그들의 반응을 살피지도 않았다. 대신 친구들이 좋아할 만한 정말 맛있는 밀크티를 사며 흥분했고, 즉흥적으로 문구점이나 세탁소에 들어가 홍콩 사람들의 진짜 생활을 엿보며 놀라워했다. 걷다가 다리가 아프면 아무 호텔이나 들어가 로비에 좀 앉아서 쉬었다. 물론 그러다 직원에게 쫓겨난 적도 있었지만, 그마저도 재미있어서 피식피식 웃었다.

'천천히 걷고, 맛있게 먹고, 온전히 충전해서, 나를 필요로 하는 사람들에게 더 도움이 되어야지.'

이런 마음으로 보냈던 2박 3일. 여행을 마치고 돌아오며 '이게 진짜 여행이구나' 하는 생각을 했던 것 같다. 당시 세 살이던 아들이 엄마가 공룡 안 사왔다고 이틀을 계속 울었던 것만 빼면, 모든 것이 다 좋았던 혼자만의 여행이었다.

10여 년쯤 지나 다시 그곳을 찾는다면 나는 또 얼마큼 자라 있을까. 얼마나 새로운 것을 보고 느끼고 즐길 수 있을까. 벌써부터 가슴이 뛴다.

혼자와

함께 사이

우리 사이에
안정기는 언제쯤。

열 명 정도 되는 직원들과 회식을 하는 자리였다. 비슷한
나이대의 직원들이 많다 보니 편하게 이런저런 이야기를
참 많이 나누는 편인데, 그날도 마찬가지였다.

결혼을 앞둔 한 직원이, 술 한잔을 걸치더니 연애 초반
의 이야기를 꺼냈다.

"그땐 뭐가 그렇게까지 서운했는지, 작은 일에도 목 놓아
울고 그랬어요. 지금은 기억도 안 나는 사소한 일로도요."

이 말을 들은 다른 이들이 모두 다 격하게 고개를 끄덕
이며 공감한다는 신호를 보냈다.

"그래서 전 지금 남자친구랑 헤어지고 싶지 않다니까요.

또 새로운 사람을 만나서 맞춰 나갈 걸 생각하면……. 상상만 해도 너무 피곤할 것 같아요."

"저도 그래요. 설레는 건 좀 사라졌어도 안정감이 있으니까."

결혼한 지 한참 된 나로서는 살짝 공감이 가질 않았다. 안정적이든 설레든 그냥 연애란 다 알콩달콩하고 좋은 것 아닌가. 나는 어땠더라.

남편과 결혼하고 아이 둘 낳고 티격태격 동지처럼 살다 보니, 슬프게도 연애 시절의 추억은 이제 그리 자주 떠오르질 않는다. 누가 연애 때 어땠냐고 물어보면 당연히 "좋았지"라고 하지만 꼼꼼히 따져보면 그 기억에는 거품이 많이 끼어 있긴 한 것 같다.

그 하얀 거품들을 싹싹 걷어내고 나서, 우리의 연애 시절을 선명하게 바라본다. 서로가 너무 좋다며 날 새서 통화하던 날이 있었는가 하면, 정말 내가 어떻게 이런 사람과 만나고 있는지 이해가 안 된다면서 기막혀하던 순간도 있었다. 맞다, 그랬었다. 그와 내가 함께한 10년 넘는 세월이 머릿속에서 빨리 감기로 펼쳐졌다(역시, 가끔씩 마시는 술은 내 인생을 제삼자의 시선으로 보게 하는 깊은 매력이 있다).

나와 남편은 MBTI 성격유형검사 결과, 성격을 나타내는 네 개의 알파벳 중 단 하나도 맞지 않을 만큼 정반대 성향을 갖고 있다. 심지어 살아온 환경도 극단적으로 다르다. 키 차이도 30센티미터 가까이 난다. 연애를 시작할 때 나는 그 사람의 적극적인 성격이 좋았다. 부끄러워하면서도 할 말 다 하며, 원하는 게 있으면 직진하는 그 자신감이 부러웠다.

그러나 서로의 '다름'에 끌린 것도 잠시. 사귀기 시작한 첫날부터 우리는 매일매일 서로가 얼마나 다른지 확인하는 시간을 보내야 했다. 어떨 때는 내가 좋아했던 그의 적극성이 나를 쉬이 지치게 하기도 했다. ……음. 그래서 지금은 어떻더라? 아무리 생각해도, 상황은 연애 때와 크게 달라지지 않은 것 같다. 남편과 나는 여전히 그 다름을 참 일관성 있게 유지하고 있으니까(남편도 그렇게 생각하겠지).

혼자 소맥을 홀짝거리며 머릿속으로 남편과 나에 대해 생각하고 있는데, 한 직원이 이런 질문을 한다.

"결혼하고 나면 좀 안정되겠죠? 어떠세요?"

나는 순간적으로 말문이 막혀버렸다.

대부분의 부부는 연애 초기에 발견한 서로의 차이를 극복해 내고 마침내 결혼에 골인하더라도, 결혼한 그 순간부터 다시 원점으로 돌아가는 것 같다고들 이야기한다. 우리 커플만은 절대 그러지 않을 거라 생각했는데, 너도 나도 크게 다르지 않다는 것이다. 드라마에 나오는 신혼부부들이나 하던 그 흔해 빠진 대사가 내 입 또는 상대의 입에서 나올 때의 그 실망감이란 이루 말할 수가 없다.

특정 이슈에 대한 상대와 나의 미묘한 견해 차이, 내 부모와 배우자와의 관계가 새롭게 만들어지는 과정에서 생겨나는 불편한 감정, 도저히 내가 견딜 수 없는 어떤 점을 상대가 갖고 있다는 걸 알게 됐을 때의 난감함. 이걸 뭐라고 설명해야 할까. 그래, '포장을 벗겨낸 진짜 연애' 정도로 해두자. 그게 아니면, 너라는 사람을 통해 나의 진짜 모습을 알아가게 되는 각자의 '자아 성찰 과정'이라고 해도 좋고.

본의 아니게 결혼 생활에 대한 환상을 조금 깨뜨린 것

같으니, 이제 희망을 좀 보여줄 차례이지 싶다. 부부란 결코 사귀다가 상황과 타이밍이 맞아서 혼인 신고에까지 이른, 두 사람의 단순한 집합이 아니다. 모든 부부는 결국 연애하면서 서로 맞지 않는 부분을 조금씩 깎아가고 맞추고 양보하면서 결혼이란 성취에까지 이른, 대단한 사람들이다.

이 새로운 인생의 관문인 결혼을 통과하고 나서

서로를 적극적으로 알아가는 시간이 지나고 나면,

대부분의 부부는 결국 또 한 번

좀 더 자기 자신을 드러낸 새로운 형태의 큰 사랑,

즉 '진정한 가족 됨'이라는 성취를 이루어내고 만다.

하루에도 수십 번씩 널뛰는 감정을 붙잡고 서로에게 섭섭한 감정을 느끼며 연애하고 있는 이들은 구원자를 찾는 듯한 표정으로 내게 묻는다. 결혼하면 안정되는 거냐고.

미안하지만, 관계에 완전한 안정기 같은 건 없다.

절망적인가? 아니다. 한번 생각해 보자. 이건 연인 관계, 부부 관계에만 해당하는 말이 아니다. 하다못해 평생 얼굴을 봐야 하는 부모형제와의 관계도 늘 안정적이지는 않지 않은가.

좀처럼 안정기가 오지는 않겠지만, 그렇다고 아무런 변화가 없는 것은 아니다. 함께한 세월이 쌓일수록 상대에 대한 이해의 폭이 좀 더 커질 거라는 점, 이것만큼은 확실히 이야기할 수 있다. 세상 모든 것이 그러하듯이, 관계도 결국 그 자체로 살아 있는 것이어서 계속 같은 상태를 유지할 수는 없는 것뿐이다. 상대와 나의 나이, 상황, 환경에 따라 관계는 끊임없이 변해갈 수밖에 없고, 우리에게는 상대를 이해해야 한다는 커다란 숙제가 수시로 눈앞에 등장하게 되는 것이다.

이것을 짐으로 받아들인다면 그 관계에는 미래가 없다. 하지만 늘 똑같던 그와 나의 관계를 한 번쯤 신선하게 환기할 수 있는 기회라 여긴다면 이 관계는 더더욱 풍성해질 것이다.

문득, 밤 산책을 나갔다가 우연히 봤던 어느 노부부의 평범한 대화 한 토막이 떠오른다.

"당신 염색했네?"

"알아봐 줘서 고맙네."

한 사람은 다른 사람의 변화를 알아봐 주고, 다른 사람은 알아봐 준 것에 대해 고마움을 표한다. 이건 분명 노력의 산물이다. 별것 아니라고 할 수 있지만, 상대를 이해해 주려는 이런 노력을 끊임없이 할 때 그런 아름다운 장면도 만들어지는 것 아닐까. 나도 남편과, 그 노부부처럼 나이 들고 싶다.

아빠 같은 남자,
엄마 같은 여자。

대학 시절, 친구들에게 들었던 이야기 중에 지금 생각하면
고개를 갸웃하게 하는 말들이 종종 있었다. 남자 친구 혹은
여자 친구의 어디가 좋냐고 물으면 가끔씩 듣게 되는 답이
었다.

"우리 엄마처럼 날 잘 챙겨줘." "이해심이 깊어서 날 편
안하게 해줘, 좀 우리 아빠 같달까."

하긴, 나도 아빠와의 관계가 아주 좋았던 딸이어서 아
빠 같은 사람을 만나면 좋겠다는 생각을 막연히 하긴 했었
다. 하루라도 빨리 벗어나고 싶은 가정 환경에서 생활했던
친구들에게는 있을 수 없는 일이겠지만, 부모님을 존경하

고 사랑하는 친구들 중에는 나처럼 자기도 모르는 사이에 엄마 같은 또는 아빠 같은 상대를 찾게 되는 경우가 꽤 많았다.

그럴 수 있다. 문제는, 상대와 사귀거나 결혼하고 난 다음이다. 상대는 내 엄마나 아빠가 아님에도 그 정도의 역할을 해주길 기대하게 되는 것이다. 실제로, 소송을 진행하다 보면 자신의 부모와 배우자가 자신을 어떻게 대우했는지 비교하는 말을 하는 이들이 종종 있다.

나를 찾아오는 분들 중에는, 배우자와의 관계에서 거의 부모에 준하는 역할을 감당하다 결국 지쳐 백기를 드는 이들이 있다. 상대에게 아무리 잘해줘도 그것을 너무 당연하게 여기고, 돌아오는 것은 전혀 없고. 그런 일방적인 관계에 지쳐 이별을 결심하는 것이다.

부모 자식 관계를 보자. 부모는 자녀에게 무조건적인 사랑과 시간, 자본을 제공한다. 자녀는 그에 대한 보답으로, 그저 건강하고 밝게 자라주기면 하면 된다(물론 자녀가 성인이 되고 나면 상황은 좀 달라진다). 이런 관계가 연애, 결혼 생활까지 이어진다면? 과연 그것을 계속해서 버틸 수 있는 사람이 있을까.

이런 이들은 재판에서도 눈에 띄는 모습을 보인다.

"아이고 판사님, 저는 정말 아무 잘못이 없어요. 저한테 왜 이혼 소장을 보낸 건지 정말 모르겠다고요. 으흐흑."

이렇게 "판사님" "판사님" 하면서 목 놓아 울거나 소리를 지르는 사람.

"저 사람이 뭐, 남들처럼 저한테 명품 가방 하나 사준 적 있는 줄 아세요? 제 친구들은 남편이 다 유럽 여행도 보내줬다는데, 전 뭘 받은 게 없다고요. 근데 이혼? 완전히 적반하장이에요!"

상대가 자기에게 해주지 못한 것들을 줄줄이 나열하며, 자기가 뭔데 이혼해 달라고 하느냐고 황당해하는 사람.

이런 사람들은 법정에서 재판장을 대하는 태도조차 어린아이 같다. 마치, 유치원에서 "애가 내 물건 뺏어갔어요!" 라고 선생님에게 이르는 아이처럼, 몸짓과 표정, 말투 모두 투정 부리는 듯한 모양새다. 법정에서 이런 모습을 보고 있노라면, 참 '사람의 나이는 숫자에 불과하다'는 진리가 여기서도 들어맞는구나, 하는 생각이 들어 웃음이 다 난다.

애초에 이런 '유사 부모 자식 관계'는 합의에 이르기까지도 참 험난하다. 합의는 동등한 성인들끼리나 가능한 것이다. 자기 판단에 의해 조금씩 양보해 가면서 합의점을 찾아야 하는데, '저 사람은 나를 보살펴주어야 하는 존재'라는 전제를 가진 사람과는 그런 대화가 가능할 리 만무하다.

이런 이들이 엮인 사건은 대체로 이렇게 흘러간다.

전 재산 1억 중에서 우리가 상대에게 5천만 원 정도를 주고 마무리하면 법적으로 타당한 사건. 그러나 그동안 상대에게 일방적으로 퍼주는 게 너무 익숙해진 내 의뢰인은 그냥 상대가 달라는 대로 다 주고 마무리를 지어달라고 한다. 그 사람과의 관계에 너무 질려서 그러신 거냐고 물었더니, 이렇게 말한다.

"그런 마음도 있는데요. 아마 전 재산을 다 주지 않으면 저를 평생 욕하면서 원망할 거예요. 그냥 빈털터리로 이혼하는 게 차라리 속 편해요."

나는 대리인에 불과하니, 그러지 마시라고 여러 번 말리다가도 당사자의 뜻이 정 확고하면 원하는 대로 해드릴 수밖에 없다. 그러나 이런 경우를 한두 번 본 게 아닌 터라, 꼭 한마디는 덧붙인다.

"전 재산을 다 준다고 하면 그분이 고마워하실까요? 확신 있으시면 그렇게 하세요."

그러면 대부분은 이런 대답이 돌아온다.

"휴… 맞는 말씀이세요. 전 재산을 다 줘도 아마 똑같을 거예요. 그냥 제 생활비라도 챙기는 게 맞겠죠?"

대부분의 사건은 당사자가 원하는 대로 합의하는 것이 최선이겠지만, 변호사 연차가 쌓여가면서 '모든 것을 당연하게 여기는 사람에게는 더 베풀 필요가 없다'라고 하는 나 나름의 철칙이 생기게 된 것이다.

나도 처음부터 그러진 않았다. 변호사 1년 차의 나는 이런 식이었다.

"안녕하세요. 최유나 변호사입니다. 저희 의뢰인께서 전 재산 1억 원을 모두 드릴 테니 이혼에만 합의해 주시면 좋겠다고 하는데요. 괜찮으시죠?"

"아. 그러시군요. 감사하네요. 제가 당사자에게 확인해 보고 다시 연락드리겠습니다."

당사자는 당연히 얼씨구나 감사합니다, 하겠지. 그러나 나의 기대는 번번이 보기 좋게 배신당했다. 몇 시간 후, 난감해하는 목소리로 상대 측 변호사가 하는 말.

"저… 당사자가 1억으로는 합의 안 한다고 하네요. 대출이라도 받아서 2억을 만들어오라고 하시는데요. 아, 그리고 이혼 후 5년간 매월 생활비 300만 원씩 달라고 하십니다."

"하아…… 그럼 저희는 합의 안 하겠습니다."

커다란 양보를 했는데도 고마워하기는커녕 점점 요구만 커지는 이런 상황을 계속 경험하다 보니, 세상에 어떤 사람들은 받는 그릇의 크기만 무한대여서 아무리 채워줘도 만족할 줄 모른다는 것을 뼈저리게 깨달았다.

아빠 같은 남자, 엄마 같은 여자?

평생을 보고 자란 부모의 좋은 점을 닮은 사람을 찾는 것은, 건강한 관계의 출발점일 수 있다. 연애할 때 그런 사람을 찾는 것이 꼭 나쁜 일만은 아니라고 생각한다. 그러나 상대와 나의 관계를 부모 자식 간의 무조건적인 관계로 본다면, 둘 사이는 명확한 한계를 가질 수밖에 없다. 그런 관계는 절대로 영원할 수 없다. 일방적으로 주기만 해야 하는 쪽이 언젠가 상대를 열렬히 비난하며 떠나게 되어 있어서다.

여러분은 받는 것에 더 익숙한 사람인가? 그 익숙함에 빠져 계속 그런 관계를 지속하다 보면, 언젠가 결국 자기 자신에게 화살이 돌아온다는 것을 기억하길 바란다. 그 화살의 이름은 '자기 혐오'일지도 모른다.

나의 욕망에
솔직해질 것。

"평생을 함께하기로 약속하기 전에, 꼭 맞춰보거나 확인해 봐야 할 게 있을까요?"

어딜 가나 받게 되는 질문 중 하나다. 아마도 이혼율이 높은 시대이다 보니, 전문가(?)가 '이것 안 맞으면 절대로 못 산다'라고 딱 잘라 이야기해 주길 바라는 것 같다.

평소 질문을 받고 나서 곧바로 대답을 하지 못하면, 상담을 하거나 재판을 하면서 질문에 해당하는 상황을 만날 때마다 그 질문에 대해 곱씹고 생각해 보는 편이다. 이 질문도 마찬가지였다. 오랫동안 고민하며 답을 찾으려 애썼다. 그러다 마침내 답이 나왔다.

보통은 '성격'을 떠올릴 것이다. 그런데 사이좋은 커플을 보면 배우자와 성격이 비슷하다거나 서로 성격이 너무 잘 맞는다고 말하는 사람은 별로 없다. 물론 성격이 잘 맞으면 좋겠지만, 그렇다고 그것이 결혼을 결정하는 데 필수적인 조건이라고는 생각지 않는다. 성격이 달라서 오히려 끌릴 수도 있고, 서로 부족한 부분을 보완할 수도 있는 것 아닌가.

같은 취미? 인생에 대한 가치관? 이런 것도 물론 매우 중요한 부분이다. 다툼이 있더라도 취미나 삶의 방향이 같다면 다시 제자리로 돌아오는 관계의 탄성이 뛰어나기 때문에 이별에 이르지 않을 수 있다. 그런데 이런 부분은 비슷하면 좋은 것이지, 다르다고 해서 공존하기 어려울 정도로 문제가 되지는 않는다.

자, 그렇다면 이혼 전문 변호사가 꼽는 '영원을 약속하기 전, 서로에 대해 꼭 알아야 하는 것' 대망의 1위는 무얼까. 바로……

'욕망'이다.

"욕망이요? 속궁합을 말씀하시는 거예요?"

욕망을 보라고 했더니, 더러 이렇게 되묻는 이들이 있다. 속궁합도 중요하겠지만, 이것이 가장 중요하다고 할 수 있을까. 상담을 진행하다 보면 아주 내밀한 이야기들도 자주 등장하는데, 속궁합만 잘 맞아서 부부 관계를 할 때에만 사이가 좋고 평소에는 대화가 별로 없어서 둘의 미래가 보이지 않는다는 사람들도 꽤 많다. 한편, 성관계가 10년 넘게 없었음에도 서로 사이좋게 잘 지내는 부부 역시 생각보다 많다.

내가 이야기하는 욕망이란, 이런 성욕까지 포함해 좀 더 넓은 범주를 아우르는 개념이다. 이별에 이르는 사람들은 상대가 자신의 욕망을 과하게 제한하거나, 아예 꺾으려 할 때 가장 괴로워한다. 또, 애초 욕망의 결이 서로 너무나 다를 경우 그 차이가 좁혀지지 않는 것을 많이 보았다. 물론, 관계란 각자의 시간과 노동력을 함께 투입해 가꾸어 가는 것인 만큼, 합의에서 벗어나는 서로의 욕망을 어느 정도는 제한할 수 있을 것이다. 그러나 이런 개입이 너무 과할 때는 필연적으로 문제가 발생한다.

예를 들어, 성욕이 엄청나게 강한 사람은 자신의 성욕을 심각하게 억압하지 않는 사람을 찾아서 짝을 이루어야 한다. 소비욕이 매우 강한 사람은 상대가 내게 제공할 수 있는 경제력, 능력과 함께 그가 내 소비를 크게 억압하지 않을 사람인지 살펴보아야 한다. 성취욕으로 똘똘 무장한 사람은 내 열정을 버거워하지 않으면서 오히려 나를 지원해 줄 수 있는 사람을 만나면 좋을 것이다. 식욕이 발달한 사람은? 먹는 욕망이 크고 먹는 것을 인생의 낙으로 삼는 사람은 분명히 '밥' 문제로 한 번쯤 상대와 다툴 가능성이 크니, 자신처럼 끼니를 중요시하는 사람을 만나는 게 낫다. 도전 욕구가 강한 사람도 적지 않다. 이런 사람은 새로운 시도가 가로막힐 때 가장 크게 분노하므로, 자신을 이해해 줄 수 있는 사람을 만나야 할 것이다.

특정 욕망 자체가 크지는 않지만, 상대에 따라 원하는 게 달라지는 사람도 존재한다. 그러한 사람은 좀 더 맞춰나가기 편하다. 다만 한 가지의 강한 욕망이 한 사람을 지배하고 있다면, 그 사람은 어떤 상대를 만나느냐에 따라 극적으로 행복해질 수도 불행해질 수도 있으니, 나의 욕망과 상

대의 욕망을 꼭 오랜 기간 동안 면밀하게 확인해 보았으면
한다.

잠깐, 이런 욕망에 맞고 틀리고가 있을 수 있을까? 당연
히 아니다. 타인에게 해를 끼치지 않는 한, 우리 인간은 자
유롭게 욕망할 권리가 있다. 다만 우리가 해야 할 것은, 인
간의 욕망이란 다양하므로 상대의 가장 큰 욕망이 무엇인
지 알아내고 상대가 평생에 걸쳐 사로잡혀 있는 그 욕망이
내가 감당할 수 있을 만한 수준인지 알아내는 것뿐이다.

몇 년 전 '사랑받고 싶어 하는 욕망'이 엄청나게 큰 의뢰
인을 만난 적 있다. 그는 가족뿐만 아니라 살면서 만나게
되는 이들 중 누구라도 자신을 사랑해 주지 않으면 견디기
힘들어했다. 그러다, 어느 순간 날 사랑해 주는 사람이 없
다고 느끼면 자꾸 새로운 동호회나 모임 등에 들어가 자신
을 보듬어줄 사람을 찾았다. 배우자가 '누군가를 사랑해 주
고 싶어 하는 욕망'을 타고났다면 이 부부는 잘 살았을 텐
데, 안타깝게도 그는 그저 배 부르고, 어딘가 아픈 곳만 없
다면 행복을 느끼는 사람이었다. 둘은 이별했고, 헤어지면

서 너무 좋아했다.

'이제 새로운 사람에게 사랑받을 수 있겠다.'

'이제 징징대는 누군가 없이 나 혼자 행복할 수 있겠다.'

헤어지는 이들의 모습에서 이런 마음의 소리가 저절로 들려왔다.

어디 애정 관계뿐일까. 이런 모습은 가족, 친구, 직장 동료, 상사와의 관계에서도 흔히 나타난다.

회사의 비전을 공유하고 함께 나아가고 싶은 팀원과 달리 그저 시키는 일이나 잘하라는 팀장. 이 둘의 관계는 결국 팀원의 퇴사로 마무리될 가능성이 크다. 내 이야기를 하고 싶은 욕망으로 가득한 채 친구를 만나지만, 수다 떠는 세 시간 내내 친구 이야기만 들어주고서 정작 내 이야기는 전혀 하지 못하고 들어온 날. 나는 아마 이 친구를 손절해버릴지도 모른다. 냉정한 부모 아래서 칭찬받고 싶고 인정받고 싶어 하는 욕망을 가슴에 숨긴 채 살아가던 사람이 성인이 된 후, 여전히 비판적인 부모님을 아예 안 만나고 사는 사례도 참 많다.

이렇듯, 관계가 종말을 맞았을 땐 관계 안에서 어느 한쪽의 욕망이 채워지지 않았을 가능성이 크다고 봐야 한다. 그러다 모든 것이 끝났을 때 그제야 상대의 욕망을 못 본 척했던 사람은 후회하곤 한다.

관계를 시작하는 것은 참 쉽다. 내가 가지지 못한 상대의 장점 하나만으로 사랑에 빠지기 충분하다. 그런데 그 관계를 이어나가는 것에는 쉬운 법이 없다. 나 자신을 들여다보고 내게 솔직해지며, 그것을 상대가 오랜 시간에 걸쳐 거부감 없이 받아들일 수 있도록 나를 드러내고 표현하기 위해 노력하는 것. 지름길은 없다. 오직 그 길 밖에는.

솔직함보다 큰 무기는 없다. 솔직한 사람은 두려울 것이 없다. 나 스스로를 속이려 하지 않고 세상에 나란 사람을 당당하고 솔직하게 보여줄 때, 우리는 비로소 누군가와 깊고 오랜 관계를 시작할 수 있을 것이다.

이별이 싫어 비혼을
결심했다는 당신에게.

"결혼은 꼭 해야지. 지금이야 괜찮지만 나중에 나이 들어 봐. 얼마나 외로운지 알아? 혼자서 늙어 죽을 셈이야?"

명절마다 부모님들이 정말 많이 하시는 말씀이다. 옛 어른들 말씀 틀린 것 하나 없다고들 하지만, 나는 이 말이 꼭 맞는 건 아니라는 걸 안다. 결혼해서 더 외로운 사람들을 매일 보기 때문이다. 결혼이 인간의 외로움을 해결해 줄 거라는 믿음은 그저 오래된 거짓이다.

"그냥 결혼하지 말고 혼자 살아. 하고 싶은 거 하고, 가고 싶은 데 가고. 얼마나 자유롭고 좋아? 결혼한 애들보다 훨씬 행복할걸."

그럼 이 말은 어떨까? 이 또한 믿기 어렵다. 결혼을 하든 안 하든, 혼자이든 함께이든, 우리는 항상 혼자와 함께 사이 그 어디쯤에서 외로워하고 괴로워하게 설계되어 있다.

인간이란 동물에게는 선한 본성도 물론 있지만, 누군가를 할퀴어 가면서도 생존하려는 이기적인 본능 또한 존재한다. 이렇게 자기 자신밖에 모르는 존재이니 외로울 수밖에 없고, 동물보다는 좀 더 나은 사회적 존재이니 일상과 철학을 공유할 친구나 동반자를 필요로 하기도 하는 것이다.

30대 후반인 나는 학교에 다니고 취업을 하듯이, 결혼은 당연히 해야 하는 것으로 알았다. 그리고 내가 생각했던 것보다 조금 빠른 시점(무려, 나이 앞자리에 3을 달기 전)에 '어쩌다 보니' 결혼이란 것을 하게 되었다. 많은 분이 내게 이혼 변호사로 일하면서 어떻게 결혼을 결심할 수 있었느냐고 묻는데, 나는 변호사가 되고 얼마 되지 않았을 때, 그러니까 결혼에 대한 큰 고찰이나 깊은 고민에 돌입하기 전에 결혼을 해버린 상황이었다. 내게 결혼은 '대단한 결심의 결과'가 아닌 '자연스러운 인생의 과정'이었던 것이다.

80년대생들 중에는 나처럼 어쩌다 보니 자연스럽게 결혼한 사람도 있지만 내 주변만 봐도 결혼하지 않은 친구들이 꽤 있는 것을 보면, 80년대생들에게 결혼은 '많이들 하지만 안 해도 되는 것' 정도의 개념이 된 것 아닌가 싶다. 이런 경향은 시간이 갈수록 점점 심해져, 세대 간에도 큰 차이를 보이고 있다. 2020년 조사에 따르면 1974년 태어난 여성이 마흔 살까지 결혼하지 않은 상태로 남아 있는 '생애 비혼율'은 12.1퍼센트라고 한다. 1940년생(1.2퍼센트), 1954년생(2.6퍼센트), 1964년생(4.2퍼센트)과 비교하면 차이가 크다. 결혼이 1970년 이전에 태어난 세대들에게는 '안 하면 안 되는 것'이었다면, 그 이후에 태어난 세대들에게는 '거의 대부분 하는 것'에서 '하고 싶은 사람만 하는 것' 정도가 되어 가는 모양새다. 그도 그럴 것이 요새 10대, 20대와 대화를 나눠보면 절반 이상이 "나는 비혼주의"라고 외친다.

나는 이 '비혼주의'라는 말이 참 별로다. 비혼이 마치 특정한 사상인 양 꼬리말로 '주의'까지 단다는 게 영 뒷맛이 개운치 않다. 결혼이 자유로운 선택지이듯 비혼 또한 너무 당연한 선택지인데 말이다. 80년대, 90년대에 무언가 새롭고 거창한 개념인 것처럼 등장했던 '독신주의'와 크게 다른 것 같지도 않고. 아무튼, 비혼이든 결혼이든 이혼이든 모든 선택은 무조건 존중받아야 마땅하다.

'비혼주의'라는 말에 대한 내 거부감은 잠시 뒤로하고, 간혹 스스로를 '비혼주의자'라고 하는 이들을 만나게 되면 나는 종종 왜 그런 결심을 한 거냐고 묻곤 한다.

"혼자인 삶이 너무 행복하고 충만해요. 누군가와의 관계를 법으로 묶는다는 것이 더 인위적으로 느껴지고요."

이렇게 답하는 이들은 대체로 자기 자신에 대해 많이 고민하고 연구한 사람들이다. 스스로 행복해지는 법을 알고 하는 이런 말에는 절대적인 지지와 응원을 보내게 만드는 힘이 있다.

그런데 간혹 이렇게 말하는 이들이 있다.

"이혼하게 될까 봐서요." "이별이 너무 힘들어서 더는 누굴 만나고 싶지 않아요."

이런 말을 들을 때면 고개가 갸우뚱해지곤 한다. 결혼이 너무 신성시되고 이혼에 대한 편견이 여전히 남아 있다 보니 오히려 '이혼남' '이혼녀'가 되기 두려워 결혼을 선택하지 못하겠다는 이들이 늘어가고, 결국 결혼율과 출산율이 더욱더 낮아져 가는 것 아닐까. 이런 요상한 아이러니라니.

"'이혼'이라는 딱지가 두려워요."

이렇게 말하는 사람이 그렇게 많다는 데 놀란다.

하지만, 모든 관계는 이별을 내포한다.

이별을 내포하지 않는 관계에는

언제나 횡포가 도사릴 수 있다.

그러니 우리, 사랑하는 동안만큼은 이별을 두려워하지 않았으면 좋겠다. 사는 동안 내내 죽음을 두려워하며 살 수 없듯이. 마음 편히 결혼하고, 내 마음대로 비혼하고, 힘든 이별만큼은 응원받을 수 있는 세상이기를. 우리가 결국 그렇게 만들 수 있기를.

혼자와
함께 사이

사랑하는 사람과
잘 싸우는 방법。

결혼 후에 서너 명의 친구들이 만나 모임을 하게 되면 개중
에 꼭 이런 친구들이 있다.

"아, 결혼 괜히 한 것 같아. 남편이 예전처럼 잘해주지도
않고, 챙길 사람만 너무 많아서 힘들어. 남편이랑 싸우고
화해한 다음에 며칠을 못 넘기고 또 싸우게 돼."(하소연형)

"정말? 난 싸워본 적 한 번도 없는데. 너희들 부부 싸움
해봤어? 우리 남편은 나한테 다 맞춰줘서 내가 혼내본 적
만 있지, 싸움 자체가 안 되더라고."(왕재수형)

꼭 이렇게, 한 명이 남편에 대한 불만과 결혼 생활의 고
단함에 대해 공감받고 싶어 이야기를 꺼내고 나면, 다른 한

명이 자기는 전혀 이해할 수 없다면서 내 남편은 그렇지 않다고 은근히 자랑을 해댄다. 둘을 지켜보는 나머지 친구들은 불안한 눈빛으로 양쪽을 쳐다보며 할 말을 잃고, 진작 다 마신 음료를 괜히 홀짝인다.

나는 첫 책 《우리 이만 헤어져요》에서, 배우자를 선택하는 기준으로 딱 한 가지를 고르라면 '잘 싸우는 사람'이라고 말했었다. 그만큼 잘 싸우는 건 너무나 중요하다. 싸우지 않는 관계는 죽어 있는 관계 아닐까. 싸우지 않는다는 게 결코 자랑이 될 수 없다는 말이다.

다들 공감하다시피, 관계란 그렇게 간단한 것이 아니다. 남들 보기에는 티격태격하는 것 같은데 알고 보면 서로 자기 속마음까지 공유할 수 있는 이들이 있는가 하면, 겉으로는 존댓말을 쓰며 서로 존중하는 듯 보이는 우아한 한 쌍이지만 그 속을 들여다보면 어느 한쪽이 다른 한쪽의 기대에 부응하기 위해 죽을힘을 다해 버티고 있을 수도 있는 법이다. "우리 남편은 나한테 다 맞춰줘서"라고 말하는 친구의 부부 관계는 언제 돌변할지 모른다. 평생을 아내에게 맞춰

주며 살아온 남편이 결코 스트레스 없이 행복하기만 할 리 없으니 말이다.

이제는 우리가 모두 쉬쉬했던 그 전제를 바꾸어야 한다.

싸움은 당연한 것이고,

갈등은 관계를 발전시키는 것이다.

연애하면서 한 번도 싸움이 일어나지 않는 일은 생각보다 흔하다. 그러나 이런 커플이 부부가 되었을 때는 상황이 달라진다. 함께 생활하며 감당해야 할 수많은 집안일(게다가 해도 해도 티가 나지 않는!), 양가 가족들과 새롭게 맺게 되는 다소 불편한 관계, 같이 살게 됨으로써 상대를 위해 한 발짝 양보하게 되는 부분들이 한꺼번에 몰아닥치면서, 부부는 힘들어하고 불만이 생기고 싸우게 되는 것이다. 연애할 때 싸우지 않았던 이들은 이때 큰 상처를 받는다. 싸움에 익숙지 않아서다.

'우린 여태껏 싸움 한 번 한 적이 없었는데, 나에 대한 사랑이 식은 건가.'

이렇게 두뇌 회로가 연결된다. 이 잘못 흘러가는 생각을 스스로 혹은 누군가가 멈춰놓지 않으면 '우리가 어쩌다 여기까지 왔을까, 혹시 만남부터 잘못된 건 아니었을까' 하는 데까지 생각이 미치고, 결국 섣부른 이별에 도달하고 만다.

애정과 다툼은 당연히 공존한다. 이 사실을 받아들이는 데까지 나 역시도 참 많은 시간이 소요되긴 했다. 오래된 관계일수록, 애정이 전제된 관계일수록 갈등은 더 커질 수밖에 없다. 그러니, 우리 앞에 그 갈등이 찾아왔을 때 이것을 어떻게 뛰어넘을지 미리 고민해 둘 필요가 있을 것 같다.

자, 그럼 갈등 중인 수천 커플을 지켜봐온 이혼 전문 변호사가 '사랑하는 사람과 잘 싸우는 방법' 몇 가지를 특별히 알려드린다.

첫째, 절대 말 자르지 않기. 싸우다 보면 억울한 감정이 불쑥 불쑥 올라와서 상대방 말을 끝까지 듣는 게 생각보다 어렵다. 그래도 이 원칙을 머릿속에 입력하고 꾹 참아보자. 대화의 흐름이 이전과 확실히 달라진다는 것을 느낄 수 있을 것이다.

둘째, 비난부터 하지 말고 감정 표현하기. "당신은 이래서 문제야"라고 하기보다는 "당신이 이렇게 행동해서 내가 속상했어"라고 말해보는 거다. 자기 잘못을 아는 사람이라 해도 상대가 비난의 말부터 꺼내면 귀가 닫히게 마련. 그러니, 말하기의 방식을 조금만 바꿔보자. 물론 쉬운 일은 아니다. 나 역시도 '화를 참고 자기감정을 정확히 표현하는 것'이, 갖고 싶은 최고의 능력이긴 하다.

셋째, 관련 쟁점 줄줄이 엮지 말기. "이것뿐만이 아니야. 3년 전에도 그랬고 5년 전에도 그랬지?"라는 식으로 이야기를 이어가면 싸움은 1박 2일로도 안 끝날지 모른다. 이때부터는 해결을 위한 싸움이 아니라 싸움을 위한 싸움이 되어버린다.

넷째, 욕하거나 소리 지르지 않기. 기본 중의 기본이지만 정말 어려운 원칙이다. 그러나 이 원칙이 깨지면, 애초 둘이 왜 싸웠는지 기억도 못 한 채 관계는 파국으로 치닫는다. 결국은 화를 참아야 하는 것인데, 욕이 나오거나 언성이 높아질 것 같으면 잠시 화를 삭일 시간을 갖자고 상대에게 이야기하는 것도 좋겠다.

다섯째, 긍정적인 말로 마무리하기. 하고 싶은 말을 다 못했더라도, "서로 이런 이야기 나눠서 다행이다. 들어줘서 고마워" 같은 말로 마무리해 보자. 그래야 다음 싸움도 트라우마 없이 잘 시작할 수 있게 된다.

너무나 어렵지만 이 다섯 가지는 꼭 지켜보자. 싸움은 혼자 하는 게 아니니 상대와도 이 원칙을 공유할 필요가 있겠다. 그러면 정말 과열된 상황에서도 이 원칙 몇 가지는 지킬 수 있지 않을까.

부디 우리에게 '다툼'이란 말이 '발전'이란 말과 동의어가 되기를.

우리는 매 순간
이별하고 있다。

아홉 살 때였던가. 우리 가족이 이사를 가면서 어머니가 큰
소파를 새로 장만했다. 당시 가장 흔했던 소파는 좀 칙칙한
갈색이었는데, 어머니는 나름대로 흔하지 않고 센스 있어
보이는 짙은 초록색 소파를 골랐고 나는 그런 어머니의 안
목을 마음속으로 칭찬했다.

그전까지는 집에 푹신한 1인용 소파만 있어서, 언니와
나는 늘 바닥에 이불을 깔아놓고 뒹굴대며 놀곤 했었다. 그
러다 새 집에, 새 소파까지 생기니 얼마나 좋았던지. 언니
와 나는 TV를 볼 때 베개를 몇 개씩 쌓아놓고 기대지 않아
도 편한 자세를 할 수 있다는 사실에 감탄하며, 트램펄린에

서 뛰듯이 매일 소파에서 방방 뛰고 신나게 놀았다(물론 어머니가 보지 않을 때).

그렇게 약 10여 년이 흘렀다. 언니와 나까지 모두 성인이 되자, 네 가족이 모두 앉기에 이 초록색 소파는 많이 작아졌고, 낡기도 많이 낡았다. 어머니는 고민 끝에 이 소파를 버리고 새 소파를 들였다. 내가 어학연수를 갔던 때였는데, 귀국해서 집으로 돌아와 새 소파가 놓인 거실을 보니 마치 새집에 이사 온 것마냥 기분 좋은 설렘이 느껴졌다.

'10년 만에 또 소파를 바꾸었네. 그러면 다음 소파가 들어올 때쯤 나는 서른이 넘어 있겠구나.'

이런 생각을 했던 기억이 난다. 그때 나는 13개월의 어학연수를 마치고 안락한 집으로 돌아와, 안락한 소파에 앉아서 '이제 연수도 마쳤고, 더 열심히 해서 좋은 직장을 찾아야겠다'는 생각을 하느라 여념이 없었다.

그로부터 또다시 10년 후. 나는 거짓말처럼 새 소파를 고르고 있었다. 내 옆에는 부모님이 아닌 남편과 아이가 있었다. 10년 전 떠올렸던 10년 후의 풍경은 내가 부모님과 새로운 소파를 고르는 것이었는데. 그사이 내게는 새로운 가족이 생겼고 불멸의 존재인 줄로만 알았던 아버지는 돌아가시고 없었다. 20년 넘게 살았던 우리 집에는 다른 가족이 들어와 살게 되었고, 엄마와 언니도 각각 다른 집에서 살아가고 있었다.

어릴 적부터 한 동네에서만 살며 동네 친구들과 함께 커온 나로서는 그 동네만이, 그 집만이 내가 있을 곳이라 생각했었는데, 10년의 시간은 참 많은 것을 바꾸어놓았다. 수십 년간 같은 동네에서 살다 보니, 나와 내 가족의 발길이 닿지 않은 길과 가게란 없었다. 엄마한테 혼나다가 같은 반 친구를 만나고 창피해했던 길거리 한복판, 아빠와 산책하던 가로수길, 친구들과 다니던 노래방, 크리스마스에 가족과 함께 미사를 드렸던 성당⋯⋯.

지금도 일정표를 보다가 그 동네에 재판이 잡힌 것을 보면 그렇게 반가울 수가 없다. 가는 길부터 설렘이 느껴진다. 괜히 기분이 들떠서 SES 노래를 들으면서 간다(SES전 팬). 재판이 끝나면 여전히 그곳에 살고 있는 내 원주민 친구들을 불러내어 커피를 마시고, 드라이브도 한다. 여길 봐도 저길 봐도 추억 없는 곳이 없다. 이제 그곳은, 정말 내게 추억의 장소가 된 것이다.

　지금 내 주변을 둘러본다. 당연하다는 듯이 풍경처럼 내
옆에 있는 사람들, 지금 나를 힘들게 하는 문제들, 더 작게
는 매일 내 혈관에 억지로 활기를 수혈해 주는 커피 머신,
정성껏 아껴서 신는 구두, 노을 지는 시간에 맞춰 거실 창
문을 열었을 때 보이는 찬란한 일몰, 연인 또는 배우자가
나를 화나게 하는 순간들, 받고 싶지 않은데 자꾸 걸려오는
전화, 감정적으로 아이를 훈육하고 밀려오는 후회.
　이 모든 것은 한시적이다.

　이 모든 것과 이별해야 한다는 것을

　우리가 매 순간 인지하며 살아간다면,

　순간을 더 소중히 여기고,

　아픔조차 행복하게 버텨낼 수 있지 않을까.

　원치 않는 소장을 받아 들고 나를 찾아오는 많은 이들의
눈빛에서 나는 이런 마음의 소리를 읽는다.

'내가 너무 당연하게 생각했구나.'

이들은 후회하지만, 이미 때는 늦어버렸다.

아내가 육아에 전념하는 걸, 남자 친구가 집에 데려다주는 걸, 친구가 먼저 연락하는 걸, 동생이 심부름해 주는 걸 당연히 여길수록, 그들과 내 관계는 이별에 가까워진다. 남자 친구와 항상 뜨겁게 사랑하는 것, 친구와 모든 일상을 공유하는 것, 부모님에게 정신적인 지지를 받는 것이 영원할 거라 생각할수록 그 기간은 짧아진다. 이것이 관계의 속성이고, 우리 인간의 한계다.

우리는 매 순간 내 옆에 있는 사람과, 세상과 그리고 나 자신과 조금씩 이별하고 있다.

이 사실을 모르는 척 부정하고, 내 소중한 사람들이 영원히 내 삶의 반경 안에 있을 것처럼 무심하게 살아가고 있진 않은가. 어떤 관계든 고작 소파 두세 번 바꿀 정도의 시간이면 끝나버릴 수 있다는 사실을, 조금 더 구체적으로 자주 떠올리며 살아보는 건 어떨까.

인생이 생각보다 짧을 수 있다는 것을 실제로 겪어봤고,

오로지 한 사람의 일방적인 인내와 희생으로 유지되는 관계는 한시적일 수밖에 없다는 것을 매일 보고 있는 사람으로서, 이 말만은 꼭 하고 싶었다.

시간이 흐를수록
더 견고해지는 우리

글을 마무리하려고 하니, 기쁘기도 하면서 갑자기 손, 발뿐 아니라 온몸이 오그라드는 느낌이다. 어릴 때부터 나는 책을 참 좋아했는데, 그중에서도 에세이집을 가장 즐겨 읽었다. 작가와 많은 것을 공유하면서 마치 작가와 잘 아는 사이가 된 것 같은 그 느낌이 재미있었다. 아마 내 책을 읽는 분들도 나에 대해 그렇게 느낄 것이라고 생각하니, 설레기도 하면서 온몸이 발가벗겨지는 듯한 기분도 든다.

그래도 에세이집을 낸다고 생각하면 가슴이 두근거리고 벌써 행복해진다. 이 흥분되는 기분은 거의 20여 년 전, 싸이월드에 올린 내 짧은 글에 달렸던 댓글들을 봤을 때 이후 처음 느껴보는 감정이다. 글을 쓰는 건 내가 잘하는 일은 아니지만, 그래도 내가 꼭 하고 싶은 일, 나를 행복하게 해주는 일이라는 것만큼은 확실하다.

내가 이혼 변호사로 일하면서 가장 마음 아픈 순간은, 자기 행복을 위해 정말 꼭 헤어져야만 해서 이별을 결정하는 것이 아니라 그저 상황에 떠밀리거나 자존심 때문에 서로의 진짜 마음을 확인하지 못하고 이별을 결정하는 커플들을 만났을 때다.

사랑해서 시작한 관계는 평탄한 것이 옳고 싸움은 그 관계가 잘못되어 가고 있다는 신호라고들 여기지만, 실상은 전혀 그렇지 않다. '그 둘은 오래오래 평화롭고 행복하게 살았답니다'라는 동화의 결말은 그저 로망일 뿐이다. 관계는 그냥 두면 자연히 멀어지다 소멸되는 것이 정상이다. 관계를 그냥 두어선 절대 안 된다는 것이다.

시간의 흐름에 따라 나타나는 크고 작은 변화를 민감하게 받아들여야 한다. 그 과정에서 갈등이 일어나는 것은 당연한 일. 그와의 관계가 행복을 가져다주는 만큼 아픔도 동반할 수 있음을 인정해야 한다.

서로 즐거운 경험만 함께한 관계는 아직 제대로 시작되지 않은 관계라고 봐야 한다. 함께 인생의 고비도 넘어보고, 힘든 순간 크게 다퉈도 봐야, 서로의 다름을 볼 수 있는 법이다. 그리고 그제야 비로소 나와 다른 상대를 이해하기 위한 노력이 본격적으로 시작된다. 관계에 이런 노력이 조금씩 덧칠되어 갈수록, 둘 사이는 훨씬 더 높은 차원으로 업그레이드될 것이다.

충분히 노력했는데도 이별이란 결론에 도달했다면, 그 이별은 서로와 서로를 둘러싼 모든 이들에게 절대적으로 존중받아야 한다. 이를 존중하지 못하는 지인이 있다면, 단언컨대 멀리해도 좋다.

영원을 약속하고 오랜 시간 함께 많은 것을 이루어온 가족과 이별하는 일은, 그것을 해보지 않은 사람은 결코 상상조차 못 할 최고조의 스트레스와 고통을 불러온다. 이 고통만도 견디기 어려운데, 이 관계에 아무런 지분도 없는 제삼자가 내리꽂는 비난까지 감내할 이유가 없는 것이다.

관계를 소중히 여기되, 이별은 존중해 주는 우리가 되었으면. 이 책을 집어 든 누군가가 그런 마음을 먹도록 이 책이 옆구리 쿡 찌르는 친구가 되었다면 정말 기쁠 것 같다.

마지막으로, 한마디만 덧붙이고 싶다.

혼자일 때도, 함께일 때도 나 자신을 많이 아껴주고 사랑한다면, 내가 지금 비혼이든 기혼이든 이혼이든 이 상태는 내 행복에 절대적인 영향을 줄 수 없다. 이 사실을 꼭 잊지 않고 기억해 주셨으면 좋겠다.

- 로빈 스턴 지음, 신준영 옮김, 《그것은 사랑이 아니다》, 알에이치코리아, 2018
- 말콤 글래드웰 지음, 노정태 옮김, 《아웃라이어》, 김영사, 2019
- 베셀 반 데어 콜크 지음, 제효영 옮김, 《몸은 기억한다》, 을유문화사, 2020
- 정현종 지음, 《광휘의 속삭임》, 문학과지성사, 2008
- 윤홍균 지음, 《자존감 수업》, 심플라이프, 2016
- 이무석 지음, 《자존감》, 비전과리더십, 2009
- 최유나 지음, 김현원 그림, 《우리 이만 헤어져요》, 알에이치코리아, 2019
- 조해영 기자, "비혼 시작은 1974년 고학력 女… 10명 중 2명 '나 혼자 산다'", 〈이데일리〉, 2020년

혼자와
—
함께
사이

1판 1쇄 발행 2022년 4월 6일
1판 3쇄 발행 2022년 5월 20일

지은이 최유나

발행인 양원석 **책임편집** 김효선
디자인 강소정, 김미선 **영업마케팅** 양정길, 김보미, 윤송, 김지현

펴낸 곳 ㈜알에이치코리아
주소 서울시 금천구 가산디지털2로 53, 20층 (가산동, 한라시그마밸리)
편집문의 02-6443-8863 **도서문의** 02-6443-8800
홈페이지 http://rhk.co.kr
등록 2004년 1월 15일 제2-3726호

ISBN 978-89-255-7866-8 (03810)